典耀中华

国文学大奖获奖作家作品集

鸡鸣在耳

刘成章 著

主 编　王子君
副主编　沈俊峰
　　　　陈晨

北京时代华文书局

图书在版编目（CIP）数据

鸡鸣在耳 / 刘成章著 . -- 北京：北京时代华文书局 , 2025.6. --（中国文学大奖获奖作家作品集 / 王子君主编）. --ISBN 978-7-5699-5872-0

Ⅰ . I267

中国国家版本馆 CIP 数据核字第 2025KJ2719 号

JIMING ZAI ER

出 版 人：陈 涛
项目统筹：张彦翔
责任编辑：邢秋玥
装帧设计：李 超
责任印制：刘 银

出版发行：北京时代华文书局 http://www.bjsdsj.com.cn
　　　　　北京市东城区安定门外大街 138 号皇城国际大厦 A 座 8 层
　　　　　邮编：100011　电话：010-64263661　64261528
印　　刷：三河市人民印务有限公司
开　　本：710 mm×1000 mm　1/16　　　　成品尺寸：155 mm×220 mm
印　　张：13　　　　　　　　　　　　　　字　　数：180 千字
版　　次：2025 年 6 月第 1 版　　　　　　印　　次：2025 年 6 月第 1 次印刷
定　　价：69.00 元

出版说明

20世纪八九十年代，茅盾文学奖、鲁迅文学奖、老舍文学奖相继设立，一批批优秀的文学作品通过评奖活动为广大读者所熟知、追捧，在社会上引起强烈的反响，并得以跨越时空流传。这说明，文学的繁荣不仅需要国家政策的大力支持，更需要社会力量的广泛参与。进入21世纪，随着文学创作队伍不断扩容、优秀作品不断涌现、阅读热潮不断兴起，设立的文学奖项也越来越多。虽然多得有令人眼花缭乱之感，但不可否认的是，其中不少奖项已产生了巨大的社会效益，不少优秀作品、优秀作家脱颖而出，这对于中国文学事业的蓬勃发展起到了促进的作用。

2023年春，教育部等八部门印发《全国青少年学生读书行动实施方案》。随后，122家国家语言文字推广基地共同发出"典耀中华"主题读书行动倡议。多家具有文化情怀的出版社和出版机构立即响应，相继推出各种适合青少年阅读的图书。就是在这种背景下，"中国文学大奖获奖作家作品集"书系（以下简称"获奖书系"）应运而生。

获奖书系由北京世图文轩文化发展有限公司（以下简称"世图文轩"）策划、北京时代华文书局有限公司（以下简称"时代书局"）出版。我非常荣幸地受邀担任主编。

世图文轩成立于2010年，系在北京市乃至全国较有影响力的图书发行公司之一，曾获得"重合同守信用企业""诚信经营示范单位"等荣誉称号。长期以来，世图文轩和众多出版社进行合作，获得了合作伙伴的一致好评。而时代书局立足时代，矢志书写时代，为时代的文化产业大改革、大发展、大繁荣做出贡献，是一家有远大梦想、有创新理念、有品牌追求、有精品面市的出版单位。在"典耀中华"主题读书行动倡议中，世图文轩和时代书局决策层敏锐地抓住机遇，迅速策划获奖书系选题，彰显优秀出版人的眼光、魄力与胸怀，以及通过出版优秀作品提高文化市场发展质量的理想。这样两家致力于图书策划、出版的企业，其品牌信誉是毋庸置疑的。

为大众，特别是成长中的青少年读者集中推送一批中国各种散文奖项获奖作家的个人作品集，是一件虽然困难，却功在当代、利在未来的大好事，我能参与其中，深感荣幸，同时一种使命感、责任感以及担当精神也油然而生。

经过反复讨论，我们先选择向茅盾文学奖、鲁迅文学奖、"五个一工程"奖、全国少数民族文学创作骏马奖、中国人口文化奖、冯牧文学奖、冰心散文奖、百花文学奖、丰子恺散文奖、朱自清散文奖、汪曾祺文学奖、中国报人散文奖等12种奖项的获奖作家征集书稿。后因个别奖项参与者少，又做了适当的调整。书系规模暂定为100部。相对于众多的奖项、庞大的获奖者队伍和现今激增的作家人数，100部显然太少，但作为一种对获奖作品的梳理、对获奖作家的检阅的尝试，或许可以管中窥豹，从中观察到我国这几十年来散文创作的大致样貌。我们希望此书系今后可以持续出版，力争将更多的有影响力的奖项与获奖者的优秀作品纳入，形成真正的散文大系。

令人特别感动的是，刚开始组稿时，王宗仁、陈慧瑛、徐剑、韩小蕙、王剑冰、蒋子龙等作者就对书系表现出极大的支持和信任，并在第一时间提供了书稿以示鼓励。随着组稿工作的开展，我们发现，众多作家都表现出对这个书系的浓厚兴趣与高度认可，他们对当代散文创作事业的发展前景有着共同的期待与信心。这对我和我的编委团队无疑是一种巨大的鼓舞。

　　组稿虽然费了不少周折，但总体上比想象中顺利得多。当然，非常遗憾的是，一部分作者的作品由于版权授出等原因，未能加入这个书系。

　　书系里，名家荟萃，佳作如林。有的，曾代表过一种新的创作范式；有的，曾开启过一种新的创作方向；有的，对某一题材开掘出更深、更独特的思想；有的，有引领某类题材与风格的新面貌；等等。100 部，就是 100 种人生故事、100 种生活态度、100 种阅历见识、100 种思维视角、100 种创作风格。无论是日常生活、人生成长还是哲理思考，我们都跟着作者们去感受、感悟、感怀——由 100 部书稿组成的书系，构成当代散文创作的一个缩影。

　　要做好这样一个大工程，具体的、烦琐的编辑事务远远超出了我们的预想。但是，我们没有知难而退。我们困于其中，也乐于其中。

　　在组稿、编辑过程中，我思考一个问题：我们为什么要读书？

　　每年的 4 月 23 日，是"世界读书日"。据说，每到这一天，会有 100 多个国家举行读书活动，旨在提醒人们重视阅读。我无法用一大段富有理论价值的话语来论断为什么要阅读，但以我个人的阅读感受，我坚信，只要阅读，就一定会有用——在浩瀚无垠的宇宙里，我们不过是一粒粒微尘，但阅读也许能让一粒粒微尘落在坚实的大地上，变成一粒粒微尘般的种子吧。而且，我认为阅读要趁年少。年少时你读过的书，你背诵过的诗歌、散文、格言、小说章节，随着时间的推移，你可能会淡忘，可能很难再复述出它们的具体内容，但其实它们早已对你的人生产生了潜移默化的影响，你从这些书中汲取到的营养，已经融入你的价值观、世界观和你的生活哲学。因此，我们组织的书稿，必须能成为真正可读的、有营养的、有真善美力量的作品，能真正在人心里沉淀下来。

　　习近平总书记在文艺工作座谈会上讲话时指出："优秀文艺作品反

映着一个国家、一个民族的文化创造能力和水平。吸引、引导、启迪人们必须有好的作品，推动中华文化走出去也必须有好的作品。"我们希望，这个书系能成为读者眼里"有正能量、有感染力，能够温润心灵、启迪心智，传得开、留得下，为人民群众所喜爱"的优秀作品。再过十年、二十年甚至五十年，这套书系依然能够有读者喜欢，有些篇章能经得起岁月的洗礼，真的成为经典。

当然，任何一套书系都做不到十全十美。我在编纂这套书的过程中，最大的感受是，当代散文创作无论是题材、创作方法，还是思想容量、艺术表现力，已真正呈现出百花齐放的态势。我希望读者亦能如我一样，从中感受到散文天地的无垠无际，感受到散文的力量。

在此，特别感谢给予我们信任与支持的作家，特别感谢包括世图文轩、时代书局在内的所有为此书系的成功出版付出了辛勤劳动的团队和师友。

谨以此文代为书系的说明。

2025 年春，于北京

目录

从云霞畔下来

七八月的陕北真是陕北的模样，好风阵阵，每座山都像老虎似的肌肉涌动，庄稼像鸟儿意欲展开双翅。青草们扭起了绿色的秧歌，从宝塔山下扭起，向南，能一直扭到秦岭山脚；向北，经过子长、绥德、榆林，能一直扭到毛乌素大沙漠的里面。而有时候，滚雷碾着满天的云彩，战车样狂碾，有的云彩被碾破了，露出闪电巨大的眼睛，那眼睛一眨一眨，白炽的光芒一耀千里。天上下的雨再不是春雨一样泛着绿光蓝光紫光，它成了豪爽的老白雨。老白雨每一滴都是一个小瀑布，无数的小瀑布洒下来，让万物都洗了个痛快澡。河流便浪涛汹涌地跑起了马，你追我赶，浩浩荡荡，鬃毛在艳阳下啸成猎猎旗帜。赶路的人们喜笑颜开，头上都戴着含有小麦香的新草帽。"嘿！桃儿下来了！"这虽是一句普通话语，说的是桃儿熟了，上市了，然而在这时候说出来，就使人浮想联翩。

想起这时候青蛙蹬腿乱跳，想起这时候野兔纵腿乱窜，想起这时候鸟儿也会落下用脚走一走，更想到，这时候的桃儿也是长了腿的。它到底长着几条腿，可以不去追究，重要的是它长着腿。

其实绝不只桃儿。这时候陕北还有许多瓜果蔬菜都是长了腿的。不是吗？你听人们不时说的话吧：西瓜下来了！小瓜下来了！罐梨下来了！豆角下来了！马茄子下来了！一个一个都下来了！

其实河也是长了腿的，偶尔会跳上岸来。其实树和草也长了腿，它们从卸下它们的火车站走起，一直走到各居民小区。汗珠也长了腿，从额头跳到地上；衣裳也长了腿，从身上走开了；爱意也长了腿，一路飞跑，从后生的意念中，倏地就跑进了姑娘的眼里。连每片花瓣也长了腿，它们都想到处看看，枝叶却拼全力阻止，不过劲大一些的还是挣脱跑了。看到它们，长了腿的绊脚石就鼓足信心，打算自动离开，只是缘于牛顿的定律死拽着，它壮志难酬。这时候陕北的一切都是长了腿的，都是走的、跑的、蹦的、跳的，一切都不再安分。这时候的陕北无物打盹，无物静睡。七八月的陕北是腿的舞台，奔忙的舞台，欢欣亢奋的舞台。冥冥中，管乐紧奏弦乐忙，锣鼓也在急急地敲，所以天气总是酷热不退。

夜里终于静下来，枕着日间的种种入梦，梦见俩人关于桃儿"下来了"的议论：

下来了？

从什么地方下来的？

山腰？

不对。

山顶？

还不对。

猜不到了。

你想想李白是怎么写黄河的吧？

黄河之水天上来？

嗬，对了，它们就是来自天上，是从云霞畔下来的，如果你有灵性，会看见它们腿上云气缭绕。

从梦中收获的这个意象太好了，真是秉承着伟大诗人李白的思维，浪漫、大胆、奇特。瓜果蔬菜们都如同出自李白的游仙诗，如同云中君兮纷纷而来下！

　　一天，青年小吴给我送来几个刚刚煮熟的玉米棒，我高兴地说："嗬，玉米也下来了！这么好的玉米！"我吃了一个之后，小吴听说我想画画地里的玉米，就发动了门外的桑塔纳，拉我到了郊外的一片玉米地旁。我们走下汽车，小吴说："你看这些玉米，一个个就像背了些枪弹。"我惊喜地瞪大了眼睛。小吴哇小吴，你真是个诗人！你把玉米棒子比喻得多么有味道！小吴却说这不是他的发明，是一位老八路说过的话，我记下了。他说着挥起手臂："你看这儿一片一片的玉米田，多像一支远来的军队！"

　　我随着他手指的方向望过去，呀，真像军队，真是军队！它们是天兵天将！它们从蓝天之上、从云霞之畔，浩浩荡荡地下来了！经过一道道山梁、一道道河谷，它们黄绿色的军装随着地形起起伏伏，到了我们面前。它们是排着方阵的威武之师，它们是顶着烈日来的，是踏着雷声来的，英姿飒爽、豪气逼人！

　　小吴又发动了汽车，我们沿着田边前行。我们向前走，玉米反向而去，而风中的玉米叶子，就像脚步走得哗哗作响。小吴笑说，你是首长，你应该向部队挥挥手。我理解他的意思啦，现在，这一望无际的黄土地上，正在举行一场盛大的阅兵典礼。我就挥挥手，面带有限的笑容，向受检的众官兵致以亲切问候。我做得有模有样，逗得小吴哈哈大笑。片刻后转脸看天，天上一只什么鸟儿正在款款飞过，真像一架悠悠驶过的飞机。我说，要是真飞机就好了，我也把空军捎带着检阅一下。小吴笑说，呃，你可不能超越权限哪，你只是玉米军团的总司令！

　　在返回的路上，我反复扫视陕北的原野，这原野瓜果飘香，五谷蓬勃，生机遍地，八面来风，连渠畔放的铁锹都想跳上几跳。风吹着我心里的文字，我感到那些文字哗啦啦响了一阵之后，都有了脉搏、有了呼吸，好像还睁开了眼睛，都准备紧张而有序地走进一篇我正在构思的散文里。而高高的云霞之畔，还有一些东西正在接二连三地跳下，我感到自己的心扑通扑通地响，它们都跳进我的心里了，变成文字了。我的心室本来够大的，现在已经拥满了，挤挤挨挨地像几十个候车的人合在一起。无数文字在说话、在喧哗。我低头向它们喊叫，让它们肃静一些。然后我说，如果暂时不需要哪个，很对不起，为了文章的简洁，哪个就暂且休息休息吧，以后还会有用武之地。吵什么，不相信吗？这片土地给了我那么多惊喜和感动，我哪能只写一篇小文就草草了事？

回到七八月的陕北，就是到了想象力最为活跃、最为丰盛的地方，就像处处都有吴承恩和马尔克斯，都有神话或魔幻的故事。我想见到更多的人，我想更多地听听他们随便说出的一些话语，希望能听上八百句、一千句。那样，它们将会在我的心里发生热核反应，我将会百万次地神思高飞，千万次地享受生命的张扬！

陕北的那一缕真魂

　　有一年在海南岛，当地一名大学生得知我是陕北籍人氏，顿时一脸敬佩地和我聊起了陕北民歌，聊了很久。他的神情分明在告诉我，仿佛他只要向北方望上一阵，就能看到飘荡着信天游的陕北天空，那一片天空云霞灿烂，日月穿梭其中，令人神往。

　　但是陕北天空下的那片土地，在好些人的眼里，却往往是另一回事了。有一位女士曾撰文说，她对陕北的印象颇为不佳，原因是那年她到陕北采访，走进一个村子，刚刚打开摄像机，就遇到黄风骤起，连眼睛都无法睁开。还有些人一提起陕北，总是想当然地说，革命老区嘛，能有什么好山好水？

　　但是，近年来，陕北有一处地方，却让许多人对陕北的认识大大地改变了。我说的是永宁山。

　　永宁山是老区中的老区，是陕北革命红旗最早飘扬的地方，按一般推理，它山大沟深，更是苦焦之地，穷山恶石头。然而曾几何时，永宁山忽地奇彩耀眼，成了风景名胜了，引得阳伞墨镜、红男绿女，一拨一拨地前往旅游，既欣赏了别致美景，也接受了红色教育。有朋发来消息：原来陕北是这么美！

　　他以为我会很高兴，其实我心里有几分沉重。发现永宁山的美，竟然用了将近一个世纪，超过了当地勘测采出地下丰富矿藏的时间，长路

5

何其杳漫！看来，即使是大地上早就存在的美，由于兴奋点和关注度的局限，人们有时也很难及时发现。

然而，世界上总有一些长着特殊眼睛的人，国画大师石鲁就是其中的一位。早在新中国成立之初，他就描绘了陕北的许多壮美景象。一九五九年，他在接受了一个创作任务之后，就"破门"而出，"以笔牵马"上坡、上山、上梁，激情横溢，精心挥洒，创作了《转战陕北》这幅名画。画中毛泽东的身后，是苍茫群山，而脚下，万仞雄崖高高耸立，巍巍峨峨，大气磅礴。

记得我当年第一眼看到此画时，就立即被它击倒了、征服了。我是陕北生、陕北长的，我还从来没有看到过这种壮阔的景象。我那时是大学中文系的一名学生，对各种艺术都充满了兴趣，多年来一直特别关注着有关陕北的艺术作品，但我还不曾见到过有哪一幅国画能达到这样的新异水平。比较起来，别的许多画陕北、画领袖在陕北的作品，都显得平庸了。也就是说，石鲁笔下的陕北这样的"河山"，你到陕北难寻找，你到上千年的国画史上也找不到。石鲁这幅《转战陕北》的横空出世，在我心里，真是惊天地、泣鬼神！那是石鲁慧眼所捕获的陕北大美，大美无言，此前曾隐身于漠漠荒山。它的出现奇光飞射，如信天游中常有的"真魂"那个词一样，是陕北的一缕真魂的闪现，震撼人心！

在我的记忆中，当年陕西众多很有才华的作家中间，鲜有成功地写出电影剧本的例子，他们都畏于"触电"。但是画家石鲁却越界走来，他不畏！他写出的电影剧本《暴风中的雄鹰》很快就被拍摄出来，并大获好评。石鲁真是个全才。他博览群书，具有深厚的艺术学养，眼界高远而开阔。正缘于此，石鲁以陕北的山川、黄土、石头、雷电、瀑布、腰鼓、民歌，以高原的不羁样貌和粗犷大彩，在这幅巨作中，升华出一座座艺术的和审美的伟异山崖，令人揉眼惊看。花开花落、雁去雁来，好多年过去了，而人们一代又一代，只要初见这幅巨作，哪个不惊叹连连？看那一刀劈下去的红光耀眼的山崖，看那不凡的像煤壁自燃的山崖，看那以片片赤金锻造成的山崖，看那用生铁铸就的红玛瑙的山崖，看那有如烧红的钢板砌起的风雨难以剥蚀的山崖，看那像英雄的队伍也像石鲁一样昂然前行的山崖，它何等璀璨，何等壮丽！

大哉石鲁！

石鲁是当年奔赴延安的进步知识青年，新中国成立后他一手伸向传统，一手伸向总在心中萦绕的宝塔山下。陕北的许多山川，又都重新留下了他的足迹。延安革命文化传统的雄厚和陕北高原的苍凉浩瀚，哺育了他的大胸怀、大气魄和对艺术的大智大勇的求索精神。他曾言："只有'魂'被你发现了，你才能对表面的皮毛东西大胆地取舍。"正是这样，素常留在人们心中的陕北起起伏伏的黄土山丘，在《转战陕北》和《高山仰止》等作品中却兀然站起，伟岸耸矗，激昂苍劲。这种雄奇险绝的景观，似曾在陕北哪里见过，却陌如异域，而终是陕北。好哉石鲁！豪哉石鲁！浩哉石鲁！绝哉石鲁！石鲁在这些画上，清晰无误地揭示出陕北的一缕真魂。

我少年时，曾演出过石鲁编写的秧歌剧。到了大学时代，为了一个美学问题，曾有幸和几名同学一起，拜访过石鲁。我记得他双目中的光，头发的乱，面前缭绕的香烟烟圈儿，图案很美的草编花地垫，以及他的侃侃而谈和对陕北的深刻体察。这一幕记忆，年愈久愈觉其珍贵。

想起这一亲切的情景，我就再一次想起了石鲁的《转战陕北》。我越琢磨越觉得它浪漫、大气、豪放，非常了不起。从画中可以品味到石鲁当时的创作心态和思绪，也可以品味出石鲁野性独立的品格气度。石鲁有一幅经典照片，是暮年的留影，满头白发，却更显得才情飞扬，狂放如仙。我久看这张照片，浮想联翩，好像看见这位不朽的画家活过来了、动起来了，并且骑马飞奔。他的胯下当然已不是那匹白骏，而是另外的一匹。许多人都知道，石鲁还画过两幅《延河饮马》，那里头好马总有几十匹吧，那都是经历过战争的马，是石鲁心里一直养着的马。他乘兴跨上一匹扬鞭疾驰，山高高、水长长，陕北的风，吹起他雪白的头发，也吹起那枣红骏马的鬃毛，鬃毛和白发一起飘荡。他听到哒哒的马蹄声，他自己口中也发出了声音："看我进击的雄姿，看我燃烧的足迹，看我红色的历史！""我的心永远不死！"

石鲁的声音，绝不是我的随意杜撰，而是出自他亲笔写下的文字，出自他充溢着创造力的生命。我愿视他这跃马的雄姿，也是出自他的生命，而不仅仅是我的想象。石鲁数十年卓尔不群的艺术人生，就是这样。这是真实的石鲁、傲然的石鲁，中国当代美术界的天之骄子石鲁。应该有人把这图景画出来，在这画里的石鲁身上，我们应能看到风的力度，看到陕北那一缕真魂。

带着风声的花

20 世纪的某年某月，有一批血气方刚的艺术家，把"山丹丹"这个口语里、民歌里才有的声音，从民间的唇上搬下来，让它第一次以文字的形式，开放在中华民族的典籍里面。那批艺术家是延安鲁艺的人。我那时年小，并不知道此事，不过我却知道，山丹丹是我们陕北一种极好看的野花。我越长大就越感到惊异，惊异于在我们陕北那么穷苦荒凉的土地上，居然能生出如此高雅、如此绮丽、如此奢华的花！

有一年炎热的夏天，我们几个七八岁的娃娃，终于大着胆子结伴上山了。山上放眼看去好壮阔呀！虽然山上山下不足十里的路程，但我们好像到了另一个世界。一片一片的云，一湾一湾的水，糜谷风带着沁人肺腑的清香，哧溜溜地吹过重重山梁，我们的衣裳和头发也被吹得就像活了。我们在欢笑打闹中爬上跳下。跑了好久，到了一道不长庄稼的荒草坡，那儿烈日照不上，我们就坐下乘阴凉。忽然，我们中的一名娃娃大声喊着："山丹丹！"应着喊声，我们一双双眼睛倏忽一亮。啊，真的是山丹丹！在不远处的畔上，好红好红！我们就一起跑过去，看了又看。我们还一齐趴在那里，伸出各自的小黑爪子，拱成一个花盆儿，而山丹丹就像栽到里边了，在花盆里迎风迎雨，快乐地生长和开花。

后来，有位同伴提议："咱们把这山丹丹挖回去栽上。"我们都觉得这是个好主意，就捡了几块小石头当工具，把它连根儿挖了出来。我们

9

第一次见到它的根，它的根就像一疙瘩大蒜头。回家后，我们就把它栽到村前的一个石崖下了，并且浇了不少水。我们都心想：这下，山丹丹真的能在那儿迎风迎雨，快乐地生长和开花了。

光阴飞逝数十年之后，我在创作笔记里写下这样一段文字：在陕北的百花中，山丹丹最爱睡懒觉，开花最晚，但它是最有主意、最沉稳的花。春二三月铁牛吼，黄牛也吼，它却翻个身又睡着了。四月五月六月，青蛙击鼓吵它，小河弹琴闹它，黄鹂梢头叫它快醒醒，千树万木大声呼唤，它也还是不醒不开。然而到了七月半，烈日猛地发威，炙烤得万物垂头打蔫，土地也往往干裂。这时候，山丹丹就赶紧起床，而一听到雷电隆隆起身播雨，它就以开花回应，赶紧给雷电探寻的目标，哪一带需要雨，它就在哪一带摇摇自己的花朵。于是酷热的大夏天，往往就像打开了菩萨的甘露瓶儿，喜雨纷纷洒下。

但在我幼时的那些日子、那个石崖下，隔了几天再去看时，我们栽下的山丹丹早已枯死了。山丹丹虽然死了，我们的心却不死。以后好多天，我们都会上山去挖山丹丹，挖来就栽，以至于一些大人都说，你们这几个小鬼真有恒心哪！这当然是赞美的话。也有人看见我们就说，咳！这些娃娃，真是喝了迷魂汤啦！

我们挖了栽，栽了死，死了再挖，再栽再死再挖。但我们终未能栽活一棵！这下我们灰心了。那时我们的语文课本上有两句歌谣：我是小八路，生来爱自由。我们便认为山丹丹就像小八路，是最爱自由的花儿，只能让它生长在山野里，挖到家里是根本无法养活的。

读大学时，我的知识增长了，知道山丹丹还有野百合、红百合、细叶百合等别名，但我只想继续叫它山丹丹。我觉得陕北的风雨雷电百草虫蚁都叫惯了它，我也叫惯了它。山丹丹是我们的祖先给它取的乳名，我看见山丹丹就像见了幼时朋友，叫乳名才能表达出我满心的情意。

每逢暑假回到陕北，我感到最幸运的事，就是能看到山丹丹。而暑假之时，山丹丹也正好刚刚开放，朵朵新鲜眩目。啊，你看这边的山沟里，好像地心的一滴岩浆溅出来了！你看那边的背洼上，好像仙女的一点儿胭脂落下来了！啊，好红好红的花，又有绿叶衬着；红有红的鲜嫩，绿有绿的脆甜。我曾看见一只山羊走近它，但山羊并没有啃它吃它，我想山羊一定是不忍吃或舍不得吃，山羊虽然没读过大学中文系，但它从小看窗花、听民歌，在陕北这儿浓郁的民间文化氛围中，它一定也学会了一些审美。

随着岁月的流逝，我越来越对山丹丹报以浓烈的感情。我常想，陕北高原不但英雄辈出，而且会剪窗花的巧媳妇儿辈出，山丹丹是散落在草丛里的窗花；山丹丹属于陕北的大地河流，陕北的大地河流绝不能没有它；山丹丹是有灵性的，是可以和生活在这里的人们作心灵交流的。有一年在我乘车去榆林的路上，司机有事下车了，我坐在车里等着。不经意间看见一位正在行走的农村婆姨猛然停了下来，顺着她的目光看过去，那是一棵开得红亮的山丹丹。我看见那婆姨站定仔细地观赏起来，而在观赏的过程中，她就像得到了一种神启，或者得到了一种提醒：女人就是要俊、要美！尽管她的穿着打扮可谓漂亮整洁，她还是捋了捋头发，又把衣襟再往好地拽了拽，然后才又迈步上路。这山丹丹，给了陕北人多少爱美的情愫！

去年的一天，我和幼时的几个同学聚餐，说起当年的种种事情，大家都是满怀兴致。其中一位女同学忽然问我："那年你成天上山挖山丹丹，后来栽活了没有？"啊，她居然还记得这件事情！我说："嘿！折腾到底也没种活一棵。"一位男同学过了会儿却说："怎没有呢？你种活了一棵最红最大的！"我望着他纳闷了。他便又说："《山丹丹开花红艳艳》哪！"哦，原来他说的是这首歌曲。我便说："可不敢那么说呀，那花不能说是我种的，人家是个创作集体，我当时不在那个集体里头，只是给人家出了个点子，提供了一本资料。"那同学说："要是没有你，那歌会产生吗?"我说:"那倒也是,他们原来写的是另一种东西。"

在欣慰之余,我拿出了手机上拍摄的山丹丹,立即发到了他们微信上。那位男同学回去之后让我配上一句话,我这样写道:感谢老同学,你还记得我曾经给其中的一朵提供过种子。

犹记得二十余年前,我还相当年轻,在黄河畔上遇到过一位奇人,他对山丹丹具有特殊的感知能力。不管是坐在汽车中还是走在山路上,只要附近有一朵山丹丹,他就好像长了三只眼或四只眼,马上会看见它。假如他的眼睛忽略了,山丹丹别异的花香,他的鼻子也会闻到。有时候,即使山丹丹正在杂草间悄悄打苞,他居然也能发现,他的心好像能感应到山丹丹打苞时的稀有频率。我有次和他交谈,他说:"山丹丹不避阴暗,不嫌低微,总是和杂草们混生在一起,往往越是苦焦的穷乡僻壤,越有它的身影。在往昔那漫漫的长夜里,它就像杨白劳买回的二尺红头绳,就像一杆红旗突然飘扬在高高的永宁山上!很难想象,如果没有它,我们陕北这块灾难频仍的土地,怎么能够撑持下来?"

他又说:"请问你这位作家,你对山丹丹有什么独特的感受?"

我说:"一般的花儿,模样大体都是婉约的、娴静的、秀气的。而山丹丹其状大异,它们虽然不失花的温柔,却又好像带着一股刚健的风声。你看它们的六片花瓣都向后反卷着,像一只只飞着的、双翅并拢的鸟儿,或者朝前射去,或者向下俯冲,力量遒劲、气势凌厉、直逼人心!它们以凝聚在花瓣上的勇气、汗气、血气昭示人们,明白无误地昭示着最美丽的姿态,是奋飞起来!

青青延中草

一转眼老了少年。

少年那时候真是一个小动物哇，他走着走着都要跳起来，跳起来摸一摸崖上的蒿草。他心头喜悦、眼睛明亮、喊声如歌。

何况相跟了一伙同学。

何况又是开了春的时节。

山头上积雪已化，农人们扶犁耕作，牛，沉默得就像一疙瘩一疙瘩滚动的黄石。阳光下，可以看得见土壤在翻浪，浪花上冒出袅袅的气。我们就从那山坡上跑下来，不论男生女生，两只鞋里都是土，因为学校的钟声在催，在催。

"快点，小心迟到！"

"放你的心！"

师生们集合在一起。我们的身后是老师们住的一排石窑洞。我们的面前是讲话的校长。老师们就站在我们的周围。

我们的学校延安中学是党在神州亲手创办的第一所中学。

我们其时的校址曾经住过贺龙将军，驻扎过他领导的联防司令部。

解放战争中，我们的许多老校友都在野战医院当过护士。

我们的队列一行一行，在阳光的照耀下，就像从山头延伸下来的犁沟。没错，一行一行，就像山头的犁沟延伸下来。犁沟土肥墒饱，我们也有那泥土的气质。春日的犁沟正在播着种子，而我们这儿犁沟是超越季节的，无论我们的容颜还是心灵状态，哪一行不是生机蓬勃？

其实我们的队列也像刚刚学过的《涉江》，《涉江》是我国先秦伟大诗人屈原的作品，是诗，诗不同于散文，诗是分行排列的。我们一行行的整齐队列多像《涉江》。《涉江》的文辞虽然艰深难懂，但我们毕竟已大体明白了。重要的是，虽然相隔两千余年，我们这一群少年的心，是和《涉江》相通的。读《涉江》的时候，真正是一种享受。我隐约感到，我们的身上也有《涉江》的节奏和韵律。

一到课外活动时间，我就赶到图书馆去了。首先扑进阅览室，如一只觅寻猎物的小狼。小狼应该不识字，而少年已是中学生。《人民文学》《文艺学习》《陕西文艺》《说说唱唱》《新观察》，每拿起一本，我就像开饭时捧起好饭菜，一筷子一筷子地塞到嘴里，大牙小牙都忙得不亦乐乎，好像总也吃不饱，吃不够。《庄子》中曾说过："子非鱼，安知鱼之乐？"我就是那鱼，20 世纪 50 年代初的年少的鱼，谁也想不来我有多么快乐！真的，我能从那些字里行间咀嚼出无限的美好滋味。有时候，虽然听见开饭钟声当当地响，我也舍不得离开，觉得不再去吃满可以了。末了，总要再到借书处去，把凡是藏有的文学书，特别是诗歌，不论古今中外，一本一本借来看。我曾在一首习作里写过："路漫漫，荒野小店前。"现在想起来，我们那简陋的图书馆就像那荒野小店。荒野小店的老板娘和店小二啊，恕我在这里这样称呼你们，我亲爱的老师们，我那时是你们非常熟悉的小小常客。你们一定记得我：嘿，这个学生啊，就像贪吃的马驹子，吃着河畔的还眼望坡上！

哦，青青延中草！

哦，贪吃马驹子！

那时候全延安地区只有这一所中学，所以各县的学生都来延中上学。同学们无一例外都是住校生。宿舍是大窑洞，每个窑洞都安放着一张大通铺，七八个同学住在一起，终年住在一起便滋生着特别亲切的感情。每天脱衣睡觉的期间，总有说不完的话，开不完的玩笑，有时还拿出作业凑上油灯请同学帮帮。而熄灯钟一敲，老师就前来查号子了。老师是在催大家按时睡觉。昏黄的灯光昏昏黄黄，老师是什么表情，是根本看不清的。

其实一到晚上，即使是上晚自习的时候，到处都是一片昏昏黄黄。"一灯如豆"，是我们古人对麻油灯十分贴切的形容，现在回过头去看，越觉得那形容准确传神。大概是红小豆吧，红小豆在那里显现着一点儿红红的微明，一阵风吹来，忽闪忽闪；风一大，就干脆黑灯瞎火了。我们当时并不觉得受着委屈，因为古中国的夜都是如此。一代代的读书人，一代代的青灯黄卷。我们延中点着的灯，像大雾中地上的碎小野花，在寂寂寞寞地摇曳。一年又一年地摇曳。

忽然有那么一个晚上，那可是我们延安中学划时代的一个晚上啊，呼啦一下，每个教室都亮起了电灯，一道闪电划破夜幕光芒四射，照彻了一个个年轻的生命；校园后边的山也被电光所激醒，庄稼杂草树叶都猛地伸胳膊踢腿，惊得宿鸟扑噜噜四飞。欢呼声狂卷到每个角落，稚嫩的男女嗓音，嫩雷一样，清脆响亮。什么是社会主义的美好远景？那时的通俗说法是："电灯电话，楼上楼下。"啊，社会主义的万丈光辉照耀着我们啦！多么富丽多么璀璨！打开每一册课本，翻看每一页作业，啊，那刚才还是昏昏黄黄的古波斯，那刚才还是昏昏黄黄的汉刘邦，那刚才还是昏昏黄黄的"坎坎伐檀兮"，那刚才还是昏昏黄黄的 dasiwel-daniya（俄语，"再见"的意思），那刚才还是昏昏黄黄的惯性定律，那刚才还是昏昏黄黄的二次根式和昏昏黄黄的草履虫，一刹间，都抖落了昏昏黄黄、抖落了夜色。

从此，我们延中的夜，是电灯照亮了的夜。哦，一盏一盏明亮的电灯，一颗一颗25瓦的小太阳，一扇一扇辉煌的窗子。延中啊，我们的不夜的延安中学，每晚都像小小的天安门广场。迈着双腿走过去，一脚一个灿烂。

那时候的我们，除了刻苦学习外，思想活跃，兴趣广泛，对时事的关心程度非同一般。我们班有几位同学，总是抢着到门房取报纸，然后在附近边读边评点，周围总会围着十几位同学，人人都会插上几句。脚下，有时是白雪之冷，有时是烈日之烫，有时是总也扫不完的柳絮绒球滚来滚去，而心中，总是国家大事和世界大事。

我一直是扭秧歌、演戏的积极分子，所以被选为学生会的文娱部长。学校黄土筑成的舞台上，过上一两个月，总会演出一些由我组织的小戏之类的节目。那时候电影是一种奢侈品，有一次我请电影队来放《董存瑞》，同学们把场子挤得严严实实。放到少一半，忽然下起雨来。我问同学们怎么办，大家异口同声："放！继续放！"雨，越下越大。放映机的光束里，雨珠像小瀑布一样泻落下来。黑暗中，雨水往头上浇，雨水在脸上流，雨水朦胧了眼睛。银幕上，碉楼，董存瑞奋力举起炸药包。不死的英雄啊，鼓舞着我们栉风沐雨。啊，少年人的心，少年人干渴的心，多么需要好电影像这潇潇之雨一样浇灌！

下吧，下吧，潇潇之雨！

雨洗青草草更青！

我的体育向来不好。跳木马，体育老师教了好几遍，大部分同学都顺利跳过去了，我却不能。我心里的木马像刀山一样狰狞可怖。我一遍遍地鼓起勇气，一遍遍起跑，一遍遍在刀山之前撒了气。老师脾气有些急躁，顺口喊道："你怎么老是跳不过去？跪下！"我只好跪下了。一刹间，老师好像意识到什么，马上让我站立起来。这，在我的心上，好像根本没怎么介意。可是隔了两天，校长严厉批评了体育老师，说他怎么能对学生施行体罚！体育老师立马前来找我道歉了，态度何等诚恳。我该说什么呢？我向老师深深地鞠了一躬，转身跑了。但校长和体育老师的举动，并没有随风散去，而是深深地印在了我的心里，使我常忆及。

怀着诗人梦，我不断写诗，不断向报刊投稿。那时候寄稿是不需要贴邮票的，在信封上剪个角，再信手写上"稿件"二字，稿子便像长了神鹰之翅，想飞到哪里便是哪里。我的稿子多是飞出去又飞回来，但我不气馁，有些竟幸运地没再回来，化作报刊上的铅字，我还收到了稿费单，天下的每一只喜鹊好像都向着我欢叫！少年们特别容易互相影响。不知过了几月几周，这个班、那个班，都有人在写了。一时间，我们学校收发室的信插里，每天都会有十来封关于稿件的信，当然大部分都是退稿信。有位同学大概受了老舍笔名的影响，起笔名为"老迈"。别人的退稿信都是"某某同志收"，而他的呢，却是"老迈先生收启"！我那时常想，当远方的编辑同志书写这几个字的时候，他脑子里浮现着怎样的人像？胡子拉碴？端着一杯酽茶？吭吭吭地咳嗽着？殊不知，我们的老迈先生才十四五岁的年纪，红领巾常歪戴在脖子上！

少年时代精力的旺盛，实在是难以估量的。我在延中上了几年学，就写了几年诗，就投了几年稿子，然而学业成绩一直还很不错。不过有时写诗写得有点入魔了，在一定程度上影响了正课学习。值得庆幸的是，我们的老师都很开明。我感觉得到，他们自始至终都以赞赏的目光悄悄地注视着我，鼓励着我，当我不自觉地走了些弯路的时候，他们也没有厉声指责过我，磨掉我的锐气。

哦，青青延中草！

哦，延中草，草青青！

是的，我那时候是文学原野上的一匹小马驹，我一边吃草一边奔跑一边自由地环望四方，是时代和母校给我提供了一个天地辽阔、云卷云舒、风雨适时、水草丰美的成长环境。我每每想起来，心中都要悸动。

2018年8月是陕西省延安中学80周年华诞，谨以此文，以老骥伏枥的呶呶嘶鸣，向她献上激越的、不老的、最美好的情意。

去找李鼎铭先生看病

那时候，生活在延安的我，只有七八岁的年纪。人说："七岁八岁，惹得猪狗眼黑。"但我那时，似乎从来不是上墙揭瓦的角色。不过，我也是闲不住的，因为我正处于闲不住的年纪。

我家住在当时延安最有名的村子南洼村，其地势高巍，大概等于现在的二十多层的高楼。如果套用一首著名歌词，这儿的风光挺好：抬手一指宝塔山，低头一看大礼堂。大礼堂是陕甘宁边区政府参议会大礼堂。那时，饱经沧桑的宝塔，已经有一千一百一十多岁了；而大礼堂却比我还年幼，应是我的小弟弟，只有四五岁。我的性格比较内向，但我在这一老一少之间，却显得活泼而懂事。

有一天，是一个初夏的极为晴美的日子吧，草色山光，映照得院子里的猪们鸡们都好看了几分。可是我病下了，浑身发烧，还有点拉肚子。晚饭时分，上院邻家的一个小女孩端着饭碗来我家串门，倚着门框，说个不住。知道我感冒了，她就急忙把饭碗往下一撂，一副准备跑去的样子，对我说道："我妈要去找李老看病，我看她走了没有；要是没走正好把你引上。"她跑了。她的身影，像被一阵风卷走了。

她说的李老，我和母亲自然都是知道的。李老的名字叫李鼎铭，是边区政府副主席，还是边区参议会的副议长。延安开群众大会时，常常把他的画像和毛、朱、周、刘以及林伯渠、高岗等十多人的画像一起举着。还听说他是延安最有本事的中医，给毛主席和朱总司令都看过病。虽然如此，在我们心中，还是把他看得和村里的所有的老爷爷没有什么大的差别。这儿左近还有比他的官更大的人，比如长白胡子的林老林伯渠，他是边区政府的正主席，他就当当住在我们山畔的下边，我们几乎天天都能清晰地俯瞰到他的身影。但是，有时候清早起床后，他还提着筐筐拿着铁锹，到处转悠着捡粪拾肥，见了村里的老人总要站下亲热地聊上一阵。我们的上面畔上还住着边区最高法院院长谢老谢觉哉，好多次傍晚之时，我们这些娃娃，常常来到他的窑前跑来跑去地疯耍。

不一会儿，那女孩来了，随后走来的是她妈。她妈用手帕提着一些鸡蛋。于是，我就跟着她妈我的婶婶，奔着李老看病去了。

从我们的坡洼走下去大概有十米左右的距离，是两山之间的沟渠，沟渠里有一个涵洞，涵洞是下雨时供洪水流下崖底的通道。一道矮矮的土墙横在这儿，就算是边区政府的大围墙了。围墙上有一个壑口，却并无哨兵。我跟着婶婶进入壑口，沿着弯弯曲曲的山畔一路走去，走了大约二十分钟，到了一个小小的院落，院落里有一并排的三孔低矮的土窑洞，那就是李老的家了。我们进了一孔窑洞，一位瘦小的老爷爷正坐在炕头就着油灯阅读什么古书，炕上铺着席子和毡，还搁着一杯冒气的清茶。我一眼就认出他便是李老李爷爷，因为我以前多次见过他。听了我们的来意，他立即放下手头的书，便像一切中医那样望闻问切地给我们先后看着病了。在给我号脉的时候，他盯着我胸前戴着的一个像章说："你在哪里买的？"我低头一看，也同时起来了，那正是李爷爷的像章。那时的像章都像一个圆形的大纽扣，底有别针，面上蒙着一层透明的薄膜，薄膜还有一些硬度。我说："不是买的，是我用一只刚出窝的小雀娃，跟同学换下的。"李爷爷听了后，脸上浮现出非常亲切的笑容，说："我再给你一个，你要不要？"我说："要。"李爷爷转身给我寻了一个，我接过一看，原来是朱总司令的像章。婶婶也凑上看了一会儿。后来，他给我们每人开了一副药方子，又给我们安顿了些什么。告辞的时候，婶婶欲把搁在炕边的手帕解开，把鸡蛋放下，可是李老硬是不收。互相推让了好半天，结果，李老看见盛情难却，就走下炕来，把鸡蛋一个个小心地放下，却又给手帕中包了些东西，说道："这是咱们光华农场生产下的牛奶糖，你们拿去尝尝。"婶婶无法推辞，就拿了和我走出了窑门。

我年长后获知，李鼎铭先生是上了"老三篇"因而举世皆知的人物。毛泽东在《为人民服务》一文中说："'精兵简政'这一条意见，就是党外人士李鼎铭先生提出来的；他提得好，对人民有好处，我们就采用了。"这样，精兵简政就成了整个边区的一个极其重要的政策，由此可见，李鼎铭先生对革命做出了多么巨大贡献。他去世时正是国民党攻进陕北、与共产党生死较量的时期，在敌强我弱的情况下，毛泽东、周恩来等党的领导人一边行军一边夜以继日地指挥作战，还对他的去世敬献了挽词。李鼎铭先生，无疑是延安时代的一个政治地位十分显赫的人物。

我年长后常想，去李老家看病，我们就像到南洼村里的谁家还了一个簸箕，或者借了一副桶担，说去就去，办了事就走，临走还要兜上点吃的，没有任何的紧张、胆怯和局促的感觉。而我们看病回家之后，家里人听了也都风清云淡，头也不抬地干着自己手里的事情，或扫院子，或洗碗筷，或喂猪喂鸡。它显示出的是一种清纯动人的时代风貌，很值得我们和我们的子子孙孙长远地怀想和致敬。

水

　　南方是踏碎了的镜子，镜子的碎片是湖，是塘、是河、是水田；碎片和碎片之间的一些缝隙，才是泥土。而黄土高原就不同了。黄土高原是一条粗糙的麻袋铺就的，很少有水，水就像南方的镜子被踏碎时，从秦岭上空飞溅过来的些微碎屑。

　　你在黄土高原上走，有时候，一里、二里、八里、三十里……往往一滴水都遇不见。望天，云彩是晒干了的手帕；望地，山峁是烤糊了的面包。漫漫的乡间土路，一步步走向前，一步步踢起的都是滚滚的黄尘。于是，脚上是黄尘、腿上是黄尘，连睫毛上也是黄尘。你觉得眼睛发涩了。眼睛里的水分，是被干燥的空气、干燥的黄土、干燥的草叶啄走了吗？也许走了五十里路了，前面是道山湾，你惊喜地听见，山湾里传来潺潺的水声。你几乎是一头扑过去。可是到了山湾，何曾有水，那是赶脚人赶着的牲口，牲口的铃铛在响。后来，你终于看见水了，水在扁担的两头颤悠，在桶里。问挑水人，他指了指，说是从那边挑来的，那边有一眼很大的井子。走过去，那井子真大，大得可以掉下去个汽车，可是井底却竟长出一棵树来，树已很大了，枝叶蓬蓬勃勃的，遮盖了半壁空间。而水呢，已快要被打干了，只剩下一丁点儿，就像谁家婴儿刚刚撒下的一脬尿。

　　但走着走着，忽然就有了水，有了弯弯曲曲的小溪，有了洗衣裳的妇女，有了碧绿的菜园子，甚至还有人从石崖下的深水潭里打上鱼来。这样的灵灵动动的地方，也不算少，尽管在江南人看来，这也够可怜的了；但更多的却还是痴痴呆呆的干山旱塬。

而住在干山旱塬上的人们却说："我们这儿有水。要是没水，我们可怎么活呢！"

是有水。水在深深的沟里。鸡一叫就起来了，赶着毛驴去驮，一个往返二三十里，半月下来，驴掉了钉在蹄下的铁掌，人烂了新婚的布鞋。水在黑咕隆咚的地壳深处。两位大后生摩拳擦掌一番，一个摇辘轳，一个拽井绳，一桶水上来汗珠儿就掺了半桶。问那井绳多长？可以从塬畔扯到沟底，可以从东村扯到西庄。要是把它全拽上来盘成一堆，足够一辆拖拉机拉了。水太缺，有的人脸便常常脏着，剃一回头才洗一回。爱俏的女子们虽然两三天能洗一回脸，可是有时早晨刚刚洗过，她下了一趟地，她做了一阵饭，一不小心，鼻尖上或下巴上，却蹭了一块黑，这时候就不好再浪费水了，就背过人们，用指尖儿蘸着唾沫擦干净。村里来了过路人，想吃馍馍双手捧上，想吃米饭再舀一碗，可是想喝口水么，不行不行，立时皱了眉，冷了脸。别处常有饿狗，这儿没有；这儿多见渴狗。狗渴急了是很凶的，见娃娃端半瓢水，呜的一声就扑上来了。水洒了，娃娃怕得放声哭叫，狗却不甘心，看着地上的水渗湿了玉米芯，便叼了玉米芯来狠狠去啃、去咂。

这还算好的。有些地方根本没有水源。如果说有，只在天上。人们总是在眼巴巴地望天的同时，在身边挖了窖。下雨了，就让那满地雨水一股一股地流进窖里；下雪了，就把那满地的积雪一筐筐地都倒进窖里。人，牲口，满年就饮用这窖水。窖水是很不卫生的，但不用它，又有什么办法！由于这样的原因，这儿的人，多有疾病，甚至这儿养出的鸡，都是一瘸一拐的。

忽然有那么一天，你的被干旱焙干了的血管，却涌动着些什么了。

你浑身舒坦。你步履轻捷。你惊呼：是谁，是谁把江南的一块明镜，搬到这儿来了？黄土高原的峡谷间，碧波万顷，渔舟轻荡，群群水鸟，声声鸣啭。人们喜不自禁。问岸边人家：这恢宏浩荡的水库，修建的时候，你们一定吃了不少苦吧？一位婆姨便回答，哪能不是呢。修建的时候她还小，才15岁，挑一百多斤的土筐，一天下来肩膀就压肿了。回家见了娘，哇的一声趴在炕上就哭。"可是现在呢"，她笑嘻嘻地说，"只觉那哭也是甜滋滋的。人一辈子总得干点事情。有了这水库，这下川300里地面都不缺水了！"这时候你不能不感到，黄土高原真正美好的境界，还不是这一片水库，而是像这个婆姨一样的无数纯净心灵。凭着这样的心，终有一天，黄土高原会双臂伏在秦岭上高喊：江南，你过来吧！看看谁的镜子更明，更亮！

关中的忆念

　　我虽然离开关中平原好多年了，然而，时不时就会想起它。

　　想起它的时候，我的心里就是一眼望不到边的田野和村庄。这里有王维隐居过的辋川，有五陵少年引着狗跑过的田埂，有王宝钏和张洁都挖过的荠菜（一个是唐高官的女儿，一个是现代的馋丫头）。从这里抬头望去，视线没有任何遮拦，可以看到太阳是如何升起来，又是如何落下去的。在太阳的跃出和沉落中，给多少云彩喷上炫目的色彩，使多少鹰鹞欢欣飞舞；即使空中飘的一根游丝，也会渴望亲吻这个世界。要是在"五一"节前后，广阔的原野上，一片又一片的碧绿的小麦，已经绿得不好意思再绿了，就想变着法儿装扮自己。大概经过一夜的交头接耳，临明前，每个都换了一身衣裳，一律是蓝色的：蓝芒儿，蓝穗儿，蓝茎秆儿。蓝在荡漾。蓝在摇摆。蓝在喧腾。蓝在滚沸。蓝在奔涌。它们在和海洋比谁更蓝一些吗？是不是想让鲸鱼在里面跃起？好像不是。估计是因为充足的水、肥和阳光，在催促它们苗壮。然而，这会儿却从苍茫高天，倾倒下上亿吨滚烫的热风，灿烂地撞在地上！于是热风吹起来了！热风在吹，吹，吹，吹拂，越吹越热，越吹越热，热得就像要着火了，连麦地里的蚂蚱都烤出香味了，几乎可以上餐桌了。然而小麦高兴，他们在热风中，手舞足蹈，忘乎所以，一个不小心，麦芒、麦粒和麦叶、麦秆，都皈依黄金了，成了金铸的田禾，都是金灿灿的。这时候的八百里秦川，在一片一片的田野上，虽然看不见板胡和梆子，但秦腔的音乐似乎在漫天演奏，镰刀和收割机，都像陕西戏曲剧院的演员，演出了丰收的大戏。

颗粒归仓后，玉米、大豆和别的杂粮，又出苗了，嫩绿如婴儿的哭声。关中的土地，几千年来，总是这么忙着，没有一刻可以休息。有时候真让人不能不感叹：我们把这块土地，实在给得太扎了！然而这块土地，却总是默不作声，如同慈祥的母亲。

关中人常说："火车不是人推的，十三朝古都不是咱西安人吹的！"别嫌他们口气太大吧。经历了十三朝文化的熏染，连脚下的黄土都牛得不得了，哪一粒土中没有古文化因子？如果拿它的地下文物衡量，它可以说是稳当当的全球第一。不信你就用当今世界上第一强国美国比比，不论在它的哪个州，你用力去挖吧，即就是挖遍每寸土地，也谅它挖不出几丝惊艳。可是在这关中，你只要挖下一镢头去，就会挖到某个朝代的玉玺龙袍；再挖一镢，也许就能挖出另一朝代的琴声鼓声马嘶声。整个关中平原，是复式结构，上层是庄稼、房屋、烟火、手机、影视；底层是美丽的纹饰、精美的印章、蔫不了的情感和文化。修机场时，居然挖出 3500 座古墓，其中就有太平公主、上官婉儿的玉体；修地铁时，建筑工人的挖掘机，和考古人员手中的洛阳铲，都忙得不亦乐乎，更挖出了雍王都城废丘。不管哪里动土，都有文物发现。如果要问：在关中，什么人儿最苦恼？除了建筑业施工者没有第二！进度慢如蜗牛爬，因为总有文物绊路，一山放过一山拦！假如再问：在关中，什么人儿最辛苦、最忙碌？不用费神了，无疑是当地的文物单位干部和考古队员！他们的任务总是那么艰巨又那么接二连三！从战国到秦，到汉，到隋、到唐，到宋元明清，无数文物都已耐不住寂寞，争着抢着要见阳光，几乎动了拳脚，打破了头。所以，这里的文物局和考古队，整年忙得鬼吹火，成了全球最忙的文物机构。即使那些遍布西安南郊的高等院校，每一所都曾是考古现场。

在西安，现代化建设的脚步常常与传统文化碰撞。这碰撞，有时相当疼痛，修建什么都费时费力费资金；但，疼痛中也有大快乐。地铁九号线艰难地修成后，人们编了一出穿越剧，李斯叩见秦始皇，报告喜讯，秦始皇龙颜大悦。可是车站人员还要他们过安检，始皇大帝震怒了："你好大的胆子，信不信抓你去修长城！"

在地铁的每一个站上，都有与此地出土文物相匹配的壁画长廊。古与今的和谐统一，在这里得到了生动的展现。

除了这些，还有别的风景。只要放眼看看，就能看到蓬勃活跃的时代画卷：列车飞驰，阡陌纵横。垒垒帝王陵，煌煌新楼宇。民营企业蓬勃发展，大专院校遍布郊区。闸门放水般的改革开放热潮，红日跃出秦岭似的高新开发区。

近代陕西才子、中国著名学者吴宓，曾经概括陕西人的性格是：生、冷、蹭、倔、犟，就连吃也不例外。人们或许见过西安籍演员张嘉译、闫妮的吃饭视频，手里端的是粗瓷大老碗，碗里盛的是裤带般宽的油泼面，他们一男一女，都是狼吞虎咽，好不威武！

著名作家柳青写的中篇小说《狠透铁》，对陕西人的性格是一种极好的诠释：一位农村的"老监察"，坚持原则，处处为群众着想，简直到了狠透铁的地步。"他那份虔诚，老天主教徒对上帝也比不上的。"

关中平原俗称关中道，更可以骄傲地称它为八百里秦川。它的白菜芯子是古都西安。西安烟霞绕楼，霓虹洒街，古建新居，鳞次栉比。高校众多，高水平的作家众多，艺术人才众多，热衷于书画的人众多，文化氛围浓厚。人们打趣地自诩：半城文化半城仙。

西安人喜欢吃辣子，性格里有着泼辣辣的因子；西安人爱吼秦腔，要是骂起人来，比吼戏还狠；西安人说话总是直戳戳的，而心地却实诚善良；西安人勇于打拼，要是认准一件事情，就会生猛倔犟地干起来，翻海倒江。

如果说西安城，是用青砖砌成的，毋宁说，它是用合金铸就的一个魔幻盒子。即便是从西湖边移来一株温婉的小草，过上三年，它也能变得有了些雄豪之气。20 世纪 50 年代，从上海迁来的交通大学，它的男女教授们，他们来的时候还有些娇气，可是后来，一个个都成了虫咬不了、水沤不烂、火烧不着的撑起西部天空的栋梁。

西安的羊肉泡、水盆羊肉、秦砖、汉瓦、碑林、埙以及秦兵马俑的浩荡阵势，总是绕着我的视听，丰盈着我的生命。我在西安度过了人生的青壮年时期。这里留下了我此生最深刻的记忆。我真切地感觉到，生活在这里，我十分舒心。我的家乡虽是陕北，但在西安，我已不是身处异乡，我早已成了地地道道的西安人了。

无事的时候，我总喜欢发点儿呆，静思默想；越想越觉得西安的可爱。几十年生活在这里的我，燃烧着一颗争强好胜的心，为我所钟爱的文学奋斗不息。我想以自己的血汗，传承古都的文脉，实现理想中的真美大美。这里人间情事虽然繁复纷杂，但我的要求极为简单，一碗葫芦头和一台电脑，就是我的幸福。写累了，呆呆地坐下，坐在张学良和杨虎城坐过的地方，抬头看看房梁上沿着细丝吊下来的蜘蛛，也是一种乐趣。令我高兴的更是，这里有许多和我志趣相投的人。我们常在这里切磋创作，也开玩笑，笑声朗朗至今犹在耳畔。但唐时明月还在天上，李白不知活了多少岁了，一不留神还会出现在我的面前，至今还一身酒气。我定睛看他时，他狂放的身影摇摇晃晃，挥手咕哝道："我醉欲眠君且去！"让人难以下台。然而唯其如此，我更喜欢他了。

在时序的更迭中，关中大平原，红了的在风中打着呼哨的高粱，嫩绿的刚出土的豌豆，以及团团雪白挤出棉桃的棉花，轮番辉映着我的脸庞和衣裳。喜鹊飞来飞去，羽毛的色彩简约而美丽。

闷热的夏天傍晚，人们聚集在城门洞子左近，自拉自唱，吼一吼秦腔，以此来消暑。要是来点浪漫的，月上中天，步上城墙睡一夜，让吹过十三个朝代精华的风，挨个儿从你的身上吹过。如果有幸做梦，梦境中肯定有弦歌妙舞。这时候你会猛然意识到，这厚厚高高的古城墙，里面包着多少幸运哪。

到了第二天吃饭的时候，满房里飘着岐山臊子面的酸辣香的气味。碗里是宽爽的汤，汤里呢，红的是胡萝卜，绿的是蒜苗，黄的是蛋皮，黑的是木耳，白的是豆腐，看一眼都教人食欲大开，不知是吃饭还是审美。

人一生若在关中生活过一些年月，每每回忆起来，嘴边定会泛起笑意。

嘶 风 石

　　陕北高原上的山，几乎千篇一律地都是在上面覆盖着厚厚的黄土，到了山的根底，才能看见一些裸露的基岩。但我现在写的这座山却不同，可以说完全是一个异数，它的上面尽管有些黄土，也长点树木、野草和庄稼，但它的主要部分，却是黑乎乎的巉岩怪石。

　　那儿真是一山的奇石造成的好景致！巉岩嶙峋，怪石嵯峨，多通、多透、多窟窿的眼睛，鬼斧神工，造型各异。其中有的石头，在黑灰的表面上，又覆了绿的或红的苔藓；而另有一些石头，上面却积了土，落了野草的种子，春天的一阵惊雷响过后，居然芽在发，根在生，枝叶在招展，有了生命的舞蹈和歌唱，因而使这些男子汉筋骨似的硬邦邦的石头，又多出几分难得的女儿般的柔美。

　　这儿离黄河不远，据专家考证，现在的黄河虽然比这儿低了好几百米，流在深深的秦晋大峡谷的谷底，但在亿万年前，这儿却曾是黄河的河床，黄河的浪涛就喧啸在这些石头之上。可以说从那时起一直到现在，这儿又经常轮换刮着粗粝的西北风和带雨的东南风，风就在这些石头上横冲直撞。因而，这一山的颇有欣赏价值的奇石，应是水力和风力一齐作用的结果，水和风是它们共同的雕刻师。

　　相传，就在这些石头间，藏着一匹神奇的枣骝马，它有时高兴了会咴咴高叫，其声悠扬美丽奇谲；它一旦咴咴起来，便使得附近村庄里的正在鸣叫的鸡啊狗哇驴啊牛啊什么的，一齐立即住了声，竖直耳朵静静谛听。又传说在很久很久以前的一个什么时间，有人还曾看见过枣骝马在石头间的青草畔上痛快地打滚，那人就想抓住它；可是当他就要接近它的时候，它却两只前腿往地上一撑，倏的一下，就向石崖那边跑去，而石崖上随即敞开了个门洞，那马便钻了进去；它一钻进去门洞便自动地闭合了，而且，了无痕迹。自此，石崖上好像什么事情也没有发生过一样，谁也没有再看见枣骝马的影子，但它的鸣声却还时不时地响起。

二十多年前，我到黄河畔采风的时候，从一位记者朋友口中听到这一传奇，就奔那儿去了。因为刚到那儿天就黑了，无法上山，当晚就歇在附近一个小小的村子里。我非常急切地想知道有关枣骝马鸣叫的情况，所以甫一进村，就向村里人打听起来。结果使我喜出望外。这村里的人们，从大人和小孩，无一没有亲耳听到过枣骝马的声音。人们说，一旦大风刮起来的时候，十拿九稳，枣骝马就咴咴地叫起来了。最后我得知，那咴咴地叫着的声音，其实并不是什么神秘的枣骝马，而是石头，那石头叫嘶风石。但即使如此，我还是想能尽早听到那声音。

事有凑巧，这天我刚刚脱衣睡下，一场老黄风就刮起来了，吹得院子里的什么东西滚来滚去，发出嘚银银的响声。而与之同时，我就真的听到了枣骝马的鸣叫声。其实这鸣叫声很像秦腔里的大喇叭的吹奏，或者说，很像秦腔里大喇叭模仿马叫的声音。

我披衣坐起。我听见随着一阵又一阵的大风刮过，那咴咴咴咴的啼鸣声时而被大风扬起，时而被大风淹没，时而又搅在那大风之中，回旋，翻转，跳跃，拉得很长很长又猛然止住，声声都是那么刺激那么令人觉得不可思议。而当风小了的时候，那啼鸣声也变得低微些了。

第二天一早，我就被村里的一位小伙子领了，直向那山头奔去。在初升旭日的照射下，那满山形态各异的黑灰色奇石，都镶了一个金亮的轮廓，就像摆着一山的工艺品。我心里立时想起北宋的大艺术家米芾。

我想眼前这各色峥嵘之石，都应是米芾跪拜过的，山上的雾气就像米芾曾经点着的几炷香烧下的缭绕之烟，从北宋至今，一直不能散尽。

小伙子把我领到那尊著名的嘶风石前。它没有我想象的高大，只比我身体的块头稍稍大了一点儿。它的上面有一个通透的洞穴。小伙子认真地向我讲解："它就像杏哨。你看，它上面有好多孔洞。这里头呢，是一个很大的腔室。大风刮来的时候，气流在里头回荡拥挤摩擦，就发出了马叫一样的声音。"

我们在这儿待了不久，运气真好，又起风了，于是那十多块嘶风石又都如枣骝马似的嘶鸣起来，其宏亮的声音真叫人壮怀激烈。到我们下山的时候，风越发大了，马的鸣声越发强烈了。虽然这情景很是迷人，但大风吹到人的脸上毕竟是不好受的，于是我们想尽早离开这儿，跑了起来。恍惚中，我仿佛看见一些枣骝马，四蹄腾空，乱鬃长飘，伴着我们一起奔跑。我感到我的脚步从来没有这么有力。我也像嘶风石似的，好像不是用嘴巴，而是用自己的身子发出了枣骝马般的叫声。

多彩的贵州

快要到贵州的时候，我们所乘坐的飞机，降低了高度，减低了速度；在西斜的太阳的照射下，它的影子，擦着地面飞行，其身段犹如一条神蛇，逢山升起，遇沟下落，随物移转，灵活自如。常常，当你看见它快要撞上什么的时候，它却总会自在而过，安好无恙，你便发觉自己的担心纯属多余。我凝神望着这飞行中的飞机影子，像望着一个神奇的玩物。我看见它越来越大了，和飞机越来越近了，倏地，它钻入飞机轮下，飞机就落地了。我们到了贵州。

举目四望，看不见一丁点儿平原，它到处是山。怪不得在平常，人们说到贵州时，都说"地无三尺平"。但是，这些山都很小，要是与我们北方的山相比，只能算有些山的意思。我忽然想起，应该把它称作丘陵。它就像农妇刚刚蒸好的窝窝头，放在案上。然而，这每一个窝窝头，看起来都是清新隽永，而且悉数营养丰富，有着足够的淀粉、脂肪和蛋白质——在它们的上面，都是林木茂密，郁郁葱葱，飘散着花香草香，俊鸟鸣声的风景。我想为它抒情吟哦，小山却清高，不肯走进凡俗诗中。

刚刚来了两三天，我们便急不可耐地看了许多地方。细雨之下，依山傍岭，明清留下的青岩古镇，古建筑和糕粑稀饭撩人心魂和味蕾；走到层峦叠嶂中的梵净山，就像到了云霞里的街市；走到鳞鳞屋瓦的西江，夕照一熄，苗寨的千户灯火，哗的一下全亮了，有如黄永玉的版画，也像苗家的雍容华贵的银帽子，五彩斑斓的服饰。我们看得尽兴，品得开心。

贵州的省会贵阳，高楼纵横，造型奇美。那一栋栋雄伟美丽的建筑，和全国各地一样，都是这40多年来建起来的。看着它们，怎能不想到改革开放的破天荒的意义。望着那些建筑，我好像看见一座又一座的改革开放的纪念碑，感动感慨，湿了眼眶。

贵州虽然地处偏远，古时却出过三个状元，当代又走出过著名作家叶辛，现在，街上的标语和横幅，也散发着浓郁的书卷气。有一条交通警示说："纵有捷径，乱穿插者止。"还有些商品广告，也写得颇有文采："我们的樱桃甜似蜂蜜"。

唐代有个叫作柳宗元的文学家，他曾写过一篇寓言——《黔之驴》，开篇便说："黔无驴，有好事者船载以入。"而黔则有虎，虎从未见过驴，惧驴，然经过一段观察，发现驴只会踢一蹄子，别的本事皆无，虎终于吃了驴。由于这一故事，我到了贵州，寻寻觅觅，总想看到一些驴。可惜竟没有看到，只见到一些马牛和羊。

走到夜的街上，一幅一幅的牌匾，写的都是卖猪脚：王姨妈猪脚、李胖子猪脚、状元卤猪脚、花豹子精制猪脚，不胜枚举。卖猪脚的字号多如繁星。我想，如果能腾出一些地方，卖卖驴肉，也许会出些奇效，能吸引来许多游客。因为成语"黔驴技穷"十分有名，人们一提起贵州，就会想到这条成语。我想，如果开驴肉馆的时候，也可以摆出一些说辞，说辞可以很有趣。倘问：为什么要卖驴肉？答曰：因为它技穷了，不值得养了。倘再问：为什么要卖驴肉？答曰：因为黔之驴生前，舍不得用技，它的技深藏肉里，吃了贵州的驴，就会技艺满身。顾客看起来是吃驴肉，其实呢，吃的是古老成语。

我正这样想着，见到了当地人，打听了一下，原来，梵净山的东麓，美丽如画的黔东草海上，已经有人养驴了，并且把驴宠得就像公主，养了好几百头。他们建立了一个生态养殖基地，名字也起得极好，极有文化底蕴，叫作"黔有驴"。他们以此作为重要扶贫项目，正把"黔驴技穷"变为"黔驴济穷"。美味驴肉正被推向街市餐桌。他们还和国内最大的阿胶生产商与基地达成合作，前景无量。平素不喜张扬的贵州人，要是真的动起脑子来，一点儿不输任何地方！

驴是有了，但现在的贵州，却又有一物没有，那是自行车。因为贵州尽是坡路，不适宜骑车。到处都是机动车。我很希望贵州文学界，与千年前的柳宗元相呼应，组织一次《黔之自行车》征文大赛，看看谁能写出新意。假如缘此产生一条关于贵州的崭新成语，那将功莫大焉。

贵州树多，云多，雾多。只要天一热，雨就接踵而来。雨来的时候，往往还伴有响亮的雷，声震四野。清凉的雨水，不断从我们的脸上流下来，从树叶上流下来，也从古建筑的花格子窗棂上流下来。

雨水一洒，遍地水意溶溶，水意溶溶的山，水意溶溶的林，水意溶溶的上坡下坡的路，路在人的脚下蜿蜒成浅浅的小溪，溪水滚滚。

我们从北京来的时候，都带了一身入伏的燠热，可是到了贵州，由于不断有雨，暑气全消。而到了黄果树瀑布，那自天而降的庞然大水，真如银河落九天，令人感到难以形容的心灵震撼。尽管我们身穿雨衣，但千滴万滴的水珠儿，也沁透了我们的肌肤。便想，这瀑布给了人的清爽，会非常非常地耐久，即使不能清爽到千年万载，起码也可以清爽到下辈子了！

我知道，来到贵州，就是来到古时的夜郎国。夜郎古镇今还在。这里产的酒中，还有夜郎古酒。我想看看，夜郎国的人自大的做派还有多少？完全出乎意料，这里的人不但不自大，还表现得格外淳朴憨厚，引人喜欢。你无论干什么，要是和他们打交道，他们的态度都是和蔼诚恳。因为旅途劳顿，我的老迈之身出了点问题，腹部起了个水泡，去到社区卫生院，医生很认真地给我挑破水泡，消了毒，登记了我的身份证，却分文未收，使我怦然心动。我们去游览花海，看的时间比较短，出来时，门口的人很意外地给我们退了票钱。这在别的地方，简直是天方夜谭。与此同时，贵州人好像还不善于做生意。我们去一个草原参观，已经到了面前，一切历历在目，可是因为里边正在维修一点儿什么，竟然没让我们购票进去，白白放弃了一笔收入。所以我觉得，在当前这浮躁的、唯利是图的滚滚红尘中，贵州，就像梵净山那名字一样，近乎一片净土。它们使我也抖落了身上的一些污秽。

及至站在黄果树瀑布面前，人的五脏六腑都好像得到了进一步的净化。在这儿，我感到没有任何人在自高自大。夜郎后裔已经谦虚得让人迷醉，别的人也都没有底气自高自大。因为和人类比较起来，唯有黄果树瀑布伟大，唯有横贯天宇的滔滔银河伟大，由于它们的淘洗，人们都会头脑清醒，都会感到自己实际很渺小，张狂者只能落下可悲的笑柄。

华 阴 老 腔

一声长吼回荡在天际。

久久回荡。

你来不及细听也无须听清那长吼源自哪里，其中含着些什么字词什么意思，只知道是被一种陌生一种新鲜一种苍苍凉凉紧紧地攫住了，并且隐约感到在它的下边，似有沟壑纵横，华山高耸，黄水流，渭水洛水也在流。

忽然大幕拉开。皱折横亘的黄土高原。高原布景的前面，是一些农家常用的木制条凳。而一帮对襟短打的朴实农民从幕后走出来，手持各种自制乐器，或者拿了大老碗旱烟袋或线拐子，各自入座。

那是一双双常摸铣把儿、车辕和粗麻绳的手。

乐器奏响了。一派阳刚之气一阵紧一阵慢一阵激浪四溅。那敲锣的虽然只拿着一只锣槌，却同时敲着大锣小锣，手若翻花。当他敲得大汗淋漓的时候，就脱了外衫裸出双膀，只留个两侧开口的白粗布汗褡遮着前胸后背。接着外衫一摔，啐涎掌心搓搓手，就像要去掏粪或去铲土，但不是；他又以槌击锣，让锣声再次汇入雄壮的音乐，音调掀起了美丽的波涛。

这时候，你不能不想起千多年前的《击壤歌》。哦，就是它，在眼前，在这现代化的舞台上，发出了灼人逼人的遗响。原始，朴拙，自然。它是如此奇特如此泾渭分明地有别于种种时尚表演，宛若野性的天籁，让人震撼，让人眼睛为之一亮。

剧场里爆出阵阵热烈的掌声。

再看时，已是白眉白发被称作白毛的老农坐在台前。他手抱六角月琴，弹、唱、说、念，一人为之。那月琴已不知是何年做的，弹了多少遍了，几条紧绷的弦下尽是手指弹下的印痕，印痕连成一片。虽然粗糙而陈旧，但恍惚间，它却像真正的月亮一般，抱在白毛的怀里。啊，不！白毛其实这时候整个人就是一轮最美丽的月亮了，闪射着月亮的光，发出月亮的响声，而满台的星星都拱围着他，每件乐器、每个声音都跟着他跌宕起伏，跟着他闪闪发亮。

其实他这时候也不是月亮般地唱，而是在吼，是由脑后发出口腔大张的高八度的吼。发达的嗓子，发达的野性基因。他的吼声高亢，峻拔，激越，苍凉，如一只强悍的鹰，总是盘旋在云际天际，而乐器的相对柔美的伴奏，却如滚在三条河里的流水，铃声丁零，总是贴着地面游走。

那是天和地的壮阔合作。

是的，高天是声水是琴。

那演唱其实是七分说唱，三分舞蹈。他们不时挥臂、呼喊，不时摆动身子。而唱到了情不可抑时，便如风雨的卷来，一起跺起了双脚。

天苍苍何其高也，路漫漫何其远也，那是一种人类心魄的高度和广度，而走在这样的路上，他们的脚下踩出了多么宏放的音响咚咚咚咚！

接着，月琴又抱在嗓音稍有嘶哑却又震撼人心的张喜民的手中。他留着分头的发型，仿佛总是被催动着汉时漕运风帆的风儿呼撩撩吹起，一看就是个精明能干的农民。老腔原本是他家世代传下来的家族戏。他弹唱得从容而又自信。

他的周围，一派关中普通村庄里的日常图景：吃饭的吃饭，抽烟的抽烟，拐线的拐线，奏乐的奏乐，唱的唱。

他吼得万籁俱寂。他的吼声里有历史和黄土的颗粒："太上老君犁了地，豁出条渠豁成黄河。""一声军令震山川，人披衣甲马上鞍。""太阳圆月亮弯都在天上，男人笑女人哭都在炕上。"没有任何包装，没有任何雕饰，只是生命的本真，生命的赤裸裸的自然呈现，却散发着醉倒人的艺术魅力。神话传说，英雄故事，挫折牺牲，浪漫和现实，快意的和悲壮的，粗粝的和绵软的，都在他的演唱里闪着异彩，成为对一个民族文明史的艺术追忆。一辈辈祖先的可亲影子，就在那追忆中闪闪烁烁。

也唱苦难也唱悲凉，凄切苦音在女声中撕裂着人们的心肺。但是正是这样的唱，千百年来，又总是激发出男子汉独对八荒永不退缩永不绝望的豪迈气概。

舞榭歌台。金戈铁马。三国周郎赤壁。"催开青鬃马，豪杰敢当先！"喇叭高奏状出战马的长嘶，而歌声不止。到了激昂处，一人唱，满台吼，马鸣风啸，刀光剑影，时或四顾茫然。但是谁说雪拥蓝关马不前？看一位干瘦老汉冲出来了，他手里拿着长凳和木块，敲敲打打，忽而将条凳放平敲，忽而斜扶着条凳敲，不断变换着姿态敲，接着进一步高高抢起握着木块的手臂，用了全身的力气，啪啪啪啪，将条凳敲打成英雄史诗大奇大美。同时歌声更酣，乐手们一齐帮腔。胸前狮子扣，哈！腰中挎龙泉，哈！好男儿，哪一个不敢冒险犯难！哈！啪啪！

啊，多么带劲多么震撼心灵的华阴老腔！

你不能不在心窝里发出阵阵回响。

那其实是山河的宏大律动。

它对于那些灯红酒绿下的阴盛阳衰或不男不女的浮糜灵肉，也许是一种提醒和救赎。

望台上。

干瘦老汉在敲打一阵之后，依然像平日劳动那样，啐涎掌心搓搓手，重新开始，掀起新的高潮。他敲打得那么认真，好像要从条凳中敲打出一个什么秘密来。

像节日的焰火灿烂着天地，像声声炸雷翻滚在山坡，回看张喜民，他演唱得何其精彩！演唱到每节结尾的时候，众声一齐掺和进来，而张喜民那常常高扬在云天里的吼声，早在人们不注意间，了无痕迹地款款落下，与伴奏与众声浑为一体唱成了拖腔，其声一改先前的豪放之气，已然变得出奇地婉约细柔，有如一条放生于水中的细长黄鳝，情意绵绵明澈透亮地左游右游，拐了好几道弯儿，让你舒服得受活得心尖儿都在打颤。而就是在这时候，却又有长板凳和喇叭的猝然切入，猛敲狂奏，并且众声齐吼，众脚齐跺，音乐则上下大跳。这一切都抽扯着你撞击着你爽意着你，使你觉得自己快要消融快要粉身碎骨了！

而啐涎掌心搓搓手，众乐手依然不依不饶，光华追逼，高潮迭起，只见张喜民手中的月琴漫天挥扫，并且又掺和上一些人的拍手和吹口哨，满台子无人不动，无头不动，无臂无动，无腿不动，无颜不动，无声不动，动成生命的万类蓬勃，凤舞龙吟，长城内外战马奔腾，大河上下箭簇翻飞，交错碰撞又淋淋漓漓，而每位演出者都是一个炸药包了，让人怯于正眼直视，因为你只要稍稍扫一眼他们就会爆炸，但是还是爆炸爆炸爆炸爆炸爆炸，冲击波冲向四面八方，那磅礴的气势排山倒海的力量，一霎时，有如从宇宙间的一个什么地方卷来一股威力无比的百万级飓风，把整个世界都给抬起来了！啊，这华阴老腔！

忽然疾掴钹弦。演出戛然而止。这时候，观众们才从天翻地覆中清醒过来，多么兴奋！都转过脸去互相兴奋难捺地看看，赞叹不已，然后，又齐刷刷地把目光再次投到台上。

那是一群经历了无数沧桑的拉船人的后代。那是一群惯于吞咽油泼辣子彪彪面的汉子。那是一群民间古老艺术的传承者。他们所展现出的生命力是那么绚烂和昂扬！

与其说他们愉悦了观众的精神，毋宁说他们是给浮躁世界浮躁生活，送来一股返璞归真的清新之风。

这样想时，却见演唱者一齐走到台边。

就像刚刚割麦回来，手执乐器的他们，那些老农、中年汉子和婆娘、小伙，一个个额头汗珠晶莹。他们向观众们频频致意。

掌声如三水汇合，澎湃不息。

为了答谢观众，又是一声长长的呐喊，雄豪，苍劲，悲凉。

那声音，仿佛从秦从汉一直呐喊到今天。

安 塞 腰 鼓

一群茂腾腾的后生。

他们的身后是一片高粱地。他们朴实得就像那片高粱。

咝溜溜的南风吹动了高粱叶子，也吹动了他们的衣衫。

他们的神情沉稳而安静。紧贴在他们身体一侧的腰鼓，呆呆地，似乎从来不曾响过。

但是：

看！

一捶起来就发狠了，忘情了，没命了！百十个斜背响鼓的后生，如百十块被强震不断击起的石头，狂舞在你的面前。骤雨一样，是急促的鼓点；旋风一样，是飞扬的流苏；乱蛙一样，是蹦跳的脚步；火花一样，是闪射的瞳仁；斗虎一样，是强健的风姿。黄土高原上，爆出一场多么壮阔、多么豪放、多么火烈的舞蹈哇——安塞腰鼓！

这腰鼓，使冰冷的空气立即变得燥热了，使恬静的阳光立即变得飞溅了，使困倦的世界立即变得亢奋了。

使人想起：落日照大旗，马鸣风萧萧！

使人想起：千里的雷声万里的闪！

使人想起：晦暗了又明晰，明晰了又晦暗，尔后最终永远明晰了的大彻大悟！

容不得束缚，容不得羁绊，容不得闭塞。是挣脱了、冲破了、撞开了的那么一股劲！

好一个安塞腰鼓！

百十个腰鼓发出的沉重响声，碰撞在四野长着酸枣树的山崖上，山崖蓦然变成牛皮鼓面了，只听见隆隆，隆隆，隆隆。

百十个腰鼓发出的沉重响声，碰撞在遗落了一切冗杂的观众的心上，观众的心也蓦然变成牛皮鼓面了，也是隆隆，隆隆，隆隆。

隆隆隆隆的豪壮的抒情，隆隆隆隆的严峻的思索，隆隆隆隆的犁尖翻起的杂着草根的土浪，隆隆隆隆的阵痛的发生和排解……

好一个安塞腰鼓！

后生们的胳膊、腿、全身，有力地搏击着，疾速地搏击着，大起大落地搏击着。它震撼着你，烧灼着你，威逼着你。它使你从来没有如此鲜明地感受到生命的存在、活跃和强盛。它使你惊异于那农民衣着包裹着的躯体，那消化着红豆角角老南瓜的躯体，居然可以释放出那么奇伟磅礴的能量！

黄土高原哪，你生养了这些元气淋漓的后生；也只有你，才能承受如此惊心动魄的搏击！

多水的江南是易碎的玻璃，在那儿，打不得这样的腰鼓。

除了黄土高原，哪里再有这么厚这么厚的土层啊！

好一个黄土高原！好一个安塞腰鼓！

每一个舞姿都充满了力量。每一个舞姿都呼呼作响。每一个舞姿都是光和影的匆匆变幻。每一个舞姿都使人战栗在浓烈的艺术享受中，使人叹为观止。

好一个痛快了山河、蓬勃了想象力的安塞腰鼓！

愈捶愈烈！形体成了沉重而又纷飞的思绪！

愈捶愈烈！思绪中不存任何隐秘！

　　愈捶愈烈！痛苦和欢乐，生活和梦幻，摆脱和追求，都在这舞姿和鼓点中，交织！旋转！凝聚！奔突！辐射！翻飞！升华！人，成了茫茫一片；声，成了茫茫一片……

　　当它戛然而止的时候，世界出奇地寂静，以至使人感到对她十分陌生了。

　　简直像来到另一个星球。

　　耳畔是一声渺远的鸡啼。

为《安塞腰鼓》的内涵做一份档案

1

《安塞腰鼓》是我 1986 年写出的一篇散文，14 年之后，先后有 10 多种语文课本选了它，其中包括大中小学以及艺术院校等课本；最近的部编版课本依然有它；此外，还有很多艺术家也曾做过朗诵。

在这传播过程中，不断有人向我提出一些问题。现在，我想为这篇文章的内涵做一份档案，算作回答。

陕北千百年来，土地贫瘠，灾害频仍，烽火时起，苦难深重。人，老镢头抡得瘫倒在山上；山，在呻吟中苦苦挣扎。但在天清气正的日子，它也会表现出祥和的一面。鸡叫狗咬，磨碾转动，耕地有男，纺织有女，山丹丹花七八月开得火红火红，连信天游都被染成了片片朝霞。多情的女子常用舌尖尖舔透窗户纸，瞅一瞅心上的五尺后生。落魄的秀才则愿意逃离红尘，去山上放羊，一边看着什么演义，一边指挥着羊群，过一过率兵打仗的美美的瘾。不过在外界看来，这片土地是化外之境，不毛之地，是贫瘠、麻木、呆笨的土地。但是人们往往忽略了一个重要的情况：这儿安放着轩辕黄帝的陵寝；这儿矗立过匈奴的都城统万城；最近还发现，这儿有疑似我国最早宫城的芦山峁遗址，它已是北京故宫的雏形。它表面上有些呆，看起来有些呆呆的。但人们好多年一点儿也不懂，它的内里却丰富活跃，却如壶口瀑布，如海，如海底火山。不是吗？忽然，世界终于发现，这片土地里竟藏了李自成的起义！接着，它又呆呆的了，可是三百年后又发现，它竟成了整个中国的阳光中心、春风中心和开花中心。为了把这一切扩展开，它的人流了很多很多的血，它的土地也失血很多很多，满目蜡黄。但它表现出的是无愧于天下的志气、力量和光荣。随后，它又是一副呆呆的样子了，但在不经意间，它的人又健壮起来，它的土地又生出了新的血液，山里、川里都卷起了一层一层的绿的波，绿的浪；不仅如此，人们同时发现，它的地层下面，竟然蕴藏那么多的煤！那么多的石油！那么多的天然气！蕴藏了让中国加大马力向现代化推进的无尽能源！好多媒体都张嘴呼叫：啊，陕北，你真是我们伟大民族的风水宝地！这期间有一架飞机飞到陕北，有人脸贴舷窗往下看，他忽然惊异地转过头对旅友说："嘿，陕北的地貌很不寻常啊，它竟然像一只老虎，一只正当盛年的老虎。"他说："它的粗犷和雄豪，它的美，别具一格，令人倾倒！"

这块土地上的安塞，安塞的儿女，他们一直在战斗着。安塞腰鼓，就是这片土地上生出来的，长出来的，敲出来的，跳出来的，它表现出的其实是它深深的内涵。它所表现出来的它内部涌动的那么一股劲，难以用语言形容。因为，一下子谁也揣摸不准，把握不准。

历史分明是注定，安塞腰鼓中的那么一股劲，要到了20世纪的80年代，才会被揭示出来一些。而揭示者，可以是张三，可以是李四，也可以是王麻子，历史从无偏见。但是历史总是把很好的机会，慷慨地提供给有准备的人的。一位当时的抽烟人是有幸了，他是那么地钟情于这片土地，钟情于安塞腰鼓，并且已经准备了好些年，他就有幸了。这个人就是刘成章，就是我。

安塞腰鼓的下面，《安塞腰鼓》的地层下面，是后生们的元气，是土地的元气，是时代的元气。它在出世那一刻，其实就早已离开我了，离开了作为物质存在的作者的我，就成了形而上，就成了袅袅上升的一种美好情绪，成了一片元气的云，一片意识的云，一片元气和意识交融的云。如果咝溜溜的南风再次吹起，它上面的高粱叶子又会摇动，会摇下乱乱的影子，仰望如对着电视的荧屏。但它不是荧屏，它是云，我一直期冀它是上升到我们辽阔的民族精神云层中的一片云。如果实践证明它是，我则期冀它永远不要辜负了人们的心。我还期冀它和整个云层在一起，变作朝霞，润红苍白；化成雨滴，丰盈干涸；生出有声有响的雷声，让这世界任何时候都不要睡得稀里糊涂。我期冀它能伴着岁月，并且能给岁月捶鼓壮威，一起向明天走去，向着明天意气风发地走去，脚步铿锵，鼓声隆隆。

2

阅读文章的时候，人们当然都是从头开始的。但是，为了能便利地切入到《安塞腰鼓》的里面，我想把它结尾前面的文字抛开，先注意注意它的结尾，结尾的那一句话，那一声鸡啼，那一声渺远的鸡啼。

记得我写那声鸡啼时，想法十分简单。

当年陕北农村的鸡啼，不只是出现在黎明；在大白天，它也会一阵一阵地啼起。要是哪里在敲锣鼓，很大的锣鼓声会像水一样淹没一切，鸡啼声就听不到了。但是锣鼓声一旦戛然而止，鸡啼声就会如海豚立时跃出水面，直冲十丈。所以，在我写腰鼓声停下时，就把这种情况写上去了；当然也是觉得，这一声鸡啼较有诗味。

但是，当人们读过一遍《安塞腰鼓》，手扶桌子，欲走未走间，往往又会突然把目光投过去，望着那声鸡啼，想看看里面到底有没有什么。有人发现，里面果有东西。这，不是太奇怪了吗？我说不。在文学领域，这种情况时有发生，因为形象往往大于思想。那么，鸡啼这一形象之大，大在何处？那么，我现在就从《安塞腰鼓》中的那片高粱地里穿过去，去寻寻那声鸡啼，看看它的啼起在何处？

当我穿过那片浓密的高粱地后，找到了黄陵，我在巍峨的黄帝陵的下面的很低处，却找到了一个十分渺远、十分高的地方，那是在明之上，隋之上，唐汉之上，在海拔苍苍茫茫的三千年之上，那地方叫作《诗经》。《诗经》里，风雨如晦，鸡鸣不已。而我们如同树根一样的毛细血管，从黄帝陵一直通到那儿。那如晦的风雨是我们血脉中现在可看到的第一场风雨，那不已的鸡鸣是我们血脉中现在可听到的第一阵鸡鸣。它好像在预示着什么。岁月如流，王朝兴衰。那鸡啼有过两晋时期的闻之起舞，也有过清末、民国时的嘶哑晦暗。由于看不见的一块巨石老是压着它，挤着它，那啼声多数是如泣如诉，甚至真的成了哭啼，而且是嚎啕大哭。它总是在"晦暗了又明晰、明晰了又晦暗"这个怪圈里转着，周而复始。这已然成了一条历史规律。

到了 20 世纪 30 年代，延安的鸡啼不但多彩明亮，而且，鸡啼啼进了秧歌剧，啼到了名演员王大化的口里："雄鸡雄鸡高呀么高声叫，叫得太阳红又红"。无数好儿郎如箭矢从这儿射去，射去，射去，以视死如归的气概，获得了最后胜利。

1949 年一唱雄鸡天下白，那啼声飞上云天，喷射着比旭日还亮的万丈光芒，使人战栗，使人兴奋，使人狂欢，跳跃，高唱，使多少人激动得泪流满面！之后，工业、农业蓬勃发展，中国一改旧时貌，国运、民运，蒸蒸日上，振奋人心。但是，建设的道路也晦暗和明晰交替，20 多年后，雄鸡唱得声声低落了。在延安，也在中国的辞书上，出现了人们从来没见过的黑户。

所谓黑户，是指没有户口的人家。为什么没有户口呢？

陕北绥德一带，许多农民饿得无法生活，就跑到延安周围的老山里，刨挖一点儿，种上一点儿，以图活命。当了黑户实际待遇常常要低于"地富反坏右"，经常有人来抓他们，送他们回去。我下乡深入生活时，一日，跟上公社民兵去看抓黑户（拙作《蓝花花的故乡》有记）。

　　民兵追赶一个黑户姑娘，追了两道山坡，姑娘前头没路了，是一片荆棘，是一片狼牙刺。姑娘惊慌地回头望了我们一眼，我这才看清，她长着一张十分俊美的脸盘。一个跑在最前边的民兵，已经伸出手，眼看要把她的胳膊抓住了；万没料到，她却一纵身，向狼牙刺丛中扑去。我没勇气再看，赶快闭住眼睛。我打了个寒噤。我体验到了什么叫作惊心动魄。待我睁眼看时，姑娘不见了，狼牙刺梢子摇晃着，挂着一些碎乱的棉花和半截衣襟。

这种悲惨情景叫我怎么能忘怀！

改革开放后，我的耳朵再次听到了那个曾经总是输出黑户的绥德。那时人们已经有了灿烂的笑容，给绥德编了一个有趣的故事。故事说（拙作《高跟鞋，响过绥德街头》有记）：

　　有一天，一只老鼠来到县城，转了一圈，寻不下任何可以充饥的东西，于是仰天长叹一声，扭头走了。

为此，我不久就到了绥德，到了的第二天就听到群众的街头对话（见《高跟鞋，响过绥德街头》）：

　　"拜识（朋友）！今年光景咋个？"
　　"真米化谷，白面好肉，可吃美啦！哎，还要咋哩？他日本家首相能吃些甚?"

我还看见（见《高跟鞋，响过绥德街头》）：

一双又一双的高跟鞋，响过绥德街头。

高跟鞋，使女子们的身段像山河一样，有了美丽而鲜明的曲线。

而山河则像女子们一样，妩媚多姿，永葆青春和憧憬。

女子们多喜欢两人结伴来去，有时还厮跟得三五成串，一群一伙。那时候，高跟鞋闪着——你的灯点燃我的灯；高跟鞋响着——我的鼓震响你的鼓。这灯光和鼓点交融在一起，更叫人动情，更叫人生出许多联想。

当我眼见得历史翻开了新的一页时，我不能不想起 1978 年那些欢欣的日子，那时出现的又是 1949 年出现的那种万众欢腾的场面。那时，我看到了瞬间爆发的劳动热情。山河万里，汗气蒸腾。蒸腾的汗气中，我想起安塞后生们的舞着、跳着、捶击着腰鼓的强健风姿。

3

写出《安塞腰鼓》有一个过程。它虽然一捶起来就表现出了那么一股劲，但那股劲像壶口瀑布呢，还是像这儿的能源可以产生出的一些光焰？却说不清楚，更不能给它找出什么含义。如同李自成的出现，如同那场伟大革命的出现，如同丰饶的能源的震撼出现，要等气候，要等机遇，要等人民的心的呼唤。

可能是由于我挚爱着这片土地，历史就把这个任务交付给我了。

安塞腰鼓在我心里窝了很长很长的时间，但我多年里一直不敢碰它，不敢写它。而现在，我觉得到了不能不把它写出的时候了。我觉得有一种东西在推动着我。我觉得我已有了强烈的创作冲动了。我觉得如果能写出来，不但会表达我对安塞腰鼓、对家乡的热爱，还等于是给我们这个伟大民族和伟大时代，画了一幅精神肖像。

我过去之所以没有写它，并不是因为写作水平的原因。早在 20 世纪 60 年代，我就在《光明日报》上很醒目的版块发表过诗，其后要是写安塞腰鼓，我是完全有可能把它描绘得相当生动的。但是，只是写得生动了就行了吗？写这个题材可不像写口技，不让它承载些厚重的内涵是不行的。但是，在那些后生的表情、风姿、内心深处，能寻找出些现成的，可称之为厚重的内涵吗？显然不能。那么，这内涵，就要靠我在其中挖掘了。

但能不能挖掘出来，能够挖掘出些什么，却决不能靠我自个的本事怎样，而主要要看时代能不能给我提供机遇和精神。一个时代有一个时代的作家，一个时代有一个时代的作品。如果在早一些年月写，我只会把安塞腰鼓和延安的新秧歌运动、大生产运动联系起来。我只会想到手扬红绸，欢天喜地。我只会想到艰苦奋斗，镢头飞舞。我大概还能想到，在学大寨运动中，部分突出人物表现出了英雄气概。其关键词不外乎是：明朗的天，喜气，革命加拼命。那断然不会是现在的《安塞腰鼓》。现在的《安塞腰鼓》显然与之大相径庭。写它时，有了改革开放的时代，有了我的新的文学观念，我的观念和感情与改革开放得到了契合，和安塞后生们的脉动严丝合缝，它们一起神助着我。我只能在这时候把它写出来。它的关键词应该是：强盛的生命力，黄土高原，摆脱和追求。虽然二者都可以表现出一股劲来，但是，二者的一股劲是大不相同的。以前我从安塞腰鼓中挖出的那股劲，只会是为了革命、艰苦奋斗、不怕牺牲的那么一股劲；而后来的《安塞腰鼓》，却表现的是挣开了、摆脱了、撞开了闭塞的旧框框的那么一股劲，这股劲是为了建设现代化的社会主义强国，为了建设人民的美好生活。而现实生活，也是由于激发出那么一股劲，我国取得了走向民族伟大复兴的一片辉煌。我为《安塞腰鼓》可以和改革开放脉动一致、呼吸与共、血肉相连而感到舒心。

我希望它体现的是我对我们这片土地的热爱，体现的是我们这片土地上从汉唐以来、从延安以来的我们民族的总会涅槃、总会奋争、总会开放的伟大风范。我欣慰地看到，40 年来，它或者以它泄出的一丝闪电，或者以它滴下的一点儿雨水，或者以它悬起的一缕霞光，或者仅仅是以它遮出的三五分钟的阴凉，为我们古老的土地，为我们年青一代的心田，为梦，为理想，为明天，尽了一份拳拳心意。

现在，《〈安塞腰鼓〉档案》已经到了装订的时刻了，我准备把它存放起来。手里还余些材料，我觉得也是很有些价值的，它或许还是一份时代的小小档案。我将会首先拿上它，再次穿过那片高粱地，去存放到一间小屋里。那小屋已经放有许多人的面容、故事、心境变化，和这些年来更多地方的哭哭笑笑，凯歌高奏。小屋的门虽然没有锁子，却不是开着的。但是，门外可以看到我的微信。任何人需要那档案的时候，只要在我的微信上点一点，那门就会诗意地开启。

我的杨家岭

本来是陕北高原上一道普通的山谷，东边的山顶上却还有生了苔藓的倒了或站着的石人石马，述说着历史曾在这儿闪烁过一些什么。就在这道山谷里，一直生息着 10 多户扛犁牵牛的庄户人，如长了一些随处可见的黄蒿和酸枣。在一个大时代的风云际会中，几乎在一夜之间，这儿却齐臻臻地出现了许多伟大人物，如满目耸起了千丈大树，霜皮溜雨，黛色参天，风摇着它们的光影时，整个神州都会感到晦明的变幻。这便是延安杨家岭了。

作为一名小草似的小学生，在稍后的一些日子，我有幸在这儿生活过好几年。

我和同学们每人扛了两三个课凳，或者两人抬了一张课桌，从刘万家沟的延安二保小出发，汗流浃背地走了近三十里路，来到杨家岭。一路上我们碰见的人，都好奇地望着我们，不知这些公家娃娃在干什么，也许会联想到蚂蚁搬家。杨家岭当时是延安一保小的驻地。当我们把课凳、课桌从肩上放下来的时候，延安一保小、二保小就随之在历史上消失了，两校合并成一所新的学校——延安保小。

我以十二岁少年的目光环视着杨家岭：被战争破坏成废墟的中央大礼堂，依然十分雄伟；部分损毁了的中共中央办公厅的造型如飞机的"飞机楼"，也显得气度不凡；山坡上一排长长的石窑洞，整齐而又敞亮。阳光暖暖地洒了一沟，把石头都照得像上了些釉子。原一保小的同学们热情接下了我们手中的桌凳，放到早已安排好的地方，然后玩耍去了。他们滚铁环、弹珠珠、翻双杠，这些就不用说了，最特别的是"顶拐拐"。"顶拐拐"不借助任何玩具，只用分开的两手把左腿扳成一个三角状，用成了锐角的左膝盖与同样是此种姿态的同学互顶起来，右腿则支撑着身体，跳动着。

我们第二天就在领袖们当年住过的那一排石窑洞里坐下来了。杨家岭应能感到，这里多了一些孩子圆溜溜的黑眼珠，其上下的睫毛总是在眨眨闪闪。

我太喜欢这里的石窑洞了，它简直是奢侈的教室。我们原来在刘万家沟时的教室都是低矮寒碜的土窑洞。学校计划让我们二保小来的五年级，与这儿的五年级合并为一个班，但合并前要检验一下我们的水平。于是老师出了语文题考我们。题目中有邹韬奋文章中的一些成语，比如"颠沛流离""甘之如饴"等等，让我们解释。我们几乎百分之百地如坠十里雾中，抓耳挠腮，回答不出。我们从未学过这类东西。我不由再次注目杨家岭了。我立时感到这儿的文化再不是"东山上点灯西山上明"了，这儿的文化非常深奥。要想在杨家岭得意扬扬地学习并玩着，是需要一种高度的。结果，我们只能被插入四年级。

其时，边区时代已然渐行渐远，但它把这浑厚的土地，内含新鲜汁液的梨树和木瓜，以及传统气息，悉数留给我们。我们自己种起了蔬菜。

从杨家岭沟里走出来，再沿着山根向城里的方向走去不远，有一处从石缝中渗出的水源很足的山泉，那儿就是我们班的菜地。我们种了西红柿、黄瓜、茄子和辣子。肥料是从学校的厕所里抬去的茅粪。那茅粪滴滴答答地洒了一路，味道很有点臭臭的，而我们走得趔趔趄趄，也显得丑丑的。但臭臭的和丑丑的加起来，未尝不是一首绝妙好诗。由于水足肥饱，我们的菜蔬长得非常可爱。我们总是在那里一边吃着西红柿或黄瓜，一边欢乐地浇水施肥。我很喜欢看一勺勺茅粪浇到渠水里去，随着水流急急地向菜根们奔去；菜们好像立时唰唰变着颜色，很是动人。收工的时候，我们总要抬了满筐子的菜蔬，送到灶房。

也像边区时代一样，每天早晨和傍晚，我们都要以班为单位集体歌咏。差不多每班都有一两名指挥人才，十分帅气地抡着嫩胳膊，很有几分冼星海当年指挥《黄河大合唱》的样子。除此之外，拉胡琴、弹三弦、吹笛子，蔚然成风。乐器大多是自造的。我就曾从延河边抓了一条花蛇，剥下它的皮张，做了一把音色极好的二胡。每天晚饭之后，艳红的夕照之中，杨家岭的山山峁峁、旮旮旯旯，都有同学们在神气十足地歌唱、演奏。杨家岭简直成了一个音乐谷。

每当元旦或者春节，我们都要去延安市区演秧歌剧，这也应是边区时代风气和做派的一种延伸。我在秧歌剧中扮演过不少角色。要是秧歌剧曲子不好，我们的教导主任王老师就信手另写出一批，我因之对他肃然起敬。我从此嘴里常哼哼着，很想自己也能哼出一支好听的曲子。

我们的同学有的六七岁，有的已经十六七岁了，多是烈士或有一定资历的干部的子女，也有革命队伍中的伙夫或马夫的子女，这无疑透露出一种平等。那时低班还配有保姆，就住在教室窑背上靠山的土窑洞里，我们高班宿舍在最高的山圪崂里，每天由两名值日生给山上抬去洗脸水和饮用的开水。我们宿舍周围没什么好看的景色，但我们的班主任杜老师是位能人，他把一颗颗吸去蛋清、蛋黄的鸡蛋壳涂抹成鲜艳的什么水果，高高悬挂于荆棘枝上，照得我们单调的心灵有光有色。

就是这位杜老师，一次在课堂上讲了叶圣陶的《古代英雄的石像》后说："希望我们的同学们中间将来也能出现一两位作家。"后来，杜老师倡导我们班办起了名叫《火星报》的壁报，并不断督催我在壁报上写文章。

那些年，解放战争还在进行中。当解放了拥有大型纺织厂的宝鸡之时，上级特别关怀我们这些孩子，在大家都穿劣质粗布衣的情况下，给我们每人发了一身蓝色卡其布制服。我们当然很得意，常常穿着那衣服在街上显摆，总能吸引不少目光。穿脏了的时候，我去杨家岭沟口的延河畔洗，谁知一不小心，衣服竟被激流冲走了。我怎会甘心失去它，硬是顺着水流的方向冒险蹚入下游的深水区，水都淹到胸前了，但还是没有找到，好多天闷闷不乐。谁知当我完全将它忘却了的时候，杜老师却拿来一件衣服，在我眼前晃了晃。我一看，正是我的呀。杜老师笑眯眯地对我说："衣服肯定是要归你的，但是有个前提条件，你要认真写一篇文章，给《延安报》寄去。"于是，我便写了一篇题名为《我真佩服田双》的文章。不料刚过几天，文章就发出来了，还寄来了一些稿费。这事在学校震动可大了，于是一些同学找上我，组织了一个通讯组。

延安的夏天有时酷热难当，但是已成废墟的中央大礼堂凉风习习，是练习写作的好去处。那儿四壁高如悬崖，空空的顶上是天和云彩；里面没有桌椅，却长了半人高的蒿草，时有麻雀和燕子啼鸣着飞来飞去。我常和通讯组的同学钻进大礼堂，随手搬几块砖坐下，分头写作或是一起讨论。有时蚂蚱还会猛地跳到我们怀里，仿佛也想说点什么。

那是在草丛之中，诗意之中，浪漫之中。许多草是开了花的，有的上面还颤着雾般的蜂翅，愈显得诗意和浪漫。

不久我们的稿子接二连三地在《延安报》上发表出来，有报导，有短文，也有诗歌和快板。

其时，那座飞机楼——国宝级的建筑，学校却是用来做灶房的。柴烟、蒸汽和香味，常从那儿飘漾而出，游走在杨家岭的角角落落和我的呼吸道中。飞机楼前面的院子，那应该是世界上最著名的院子之一。人们说，在1942年的某一天夜晚，这里曾经高挂过一盏汽灯，出席延安文艺座谈会的作家、艺术家们，在灯下聆听过毛主席的总结讲话。而此刻，它既是我们的操场，又是我们的饭场，每次开饭的时候，我们就集聚在这儿用餐：每班蹲作一圈，圈里放着菜桶和筐箩，筐箩里盛的是作为主食的馍馍或肉卷子或小米干饭。抬头看天，有时候蓝得虚虚幻幻，有时却有黄风刮过，发出一阵阵哨声，但这些都不能左右我们的食欲。我最喜欢吃的当然是肉卷子了，那是剁成丁丁的猪肉和大葱，用发面卷了上笼蒸出来的。至今想起来，仿佛在回味一个美梦。

有一天我们正蹲在这儿吃饭，霍校长兴冲冲地走来了，让我和通讯组的另一名同学饭后到他的办公室。霍校长的办公室就是毛主席住过的那孔窑洞。霍校长说："你们发表在报上的文章我都看到了，现在，连报社都表扬你们了。好好写！"其实我们已经知道了，《延安报》以编辑部的名义发表短论，号召全地区通讯组向我们学习。随后，他给我们每人发了两支铅笔和一个硬皮本子。我们能体会到那是一种庄严的奖励。那时候，一切都朴素简洁得让人终生难忘。

越过我们的当年向前看去——许多著名文学家都曾是杨家岭的常客；许多秧歌队都曾在杨家岭闹得热火朝天；《白毛女》的首演地也是杨家岭。杨家岭有着厚重的艺术积淀，那积淀无形中在我当年稚嫩的细胞里蠕动和发散。我之后之所以能走上文学创作的道路，一路上长出的棵棵草儿，开出的朵朵花儿，我常想，其中的一些定力、悟性和尚可称得上翠艳的东西，至少有四成是得之于此。

信 天 游

崭新的 "关关雎鸠"

信天游这个名字，如明月流水，如仙界的风，即使把它放到全世界数千年来所有的艺术品类之中，也数得上奇美浪漫。

先看这个"信"字吧：信马由缰，信步而行，信手拈来，总之，在这里，不管马也好，步也好，手也好，都听凭它们任情任性，随心所欲，无所顾忌地率意而动，而人呢，虚幻得只看见一点儿影子，一点儿神气，好不自在！那么再看"天"字吧：天空，天然，天性，它的含义好巨硕、好空阔，既具象又虚幻，那样的深邃无边。而最后要说的这个"游"字，它所表现出来的情境自然不是静止凝固，而是游走、游荡，如天上的云，如流动的河，如云里的鹞子、河里的鱼。

于是那人的洒脱优游，蓬勃活跃的心灵，就在那连绵起伏、无涯无际的黄土高原上，以《诗经》一样的比兴，以上下句的结构格式，以美轮美奂的旋律和曲调，信天而游，信天——而游，游，游……游得多了几多意趣、几多精彩呀，战栗了多少审美的神经！

但我想问，谁能搞得清啊，它，这信天游，始于哪个朝代？何时是它的滥觞？

是昭君出塞的汉朝？是李白捞月的唐代？抑或，是宋，是元，是明，是清？反正，它大多数悠扬的词曲，都含着古老风沙的颗粒，常常会掉落在我们的眉睫、耳轮和心上，使人感到历史的缈远和苍凉。

透过缈远和苍凉，是一眼望不尽的峁梁连绵，沟壑纵横。这边山头犁铧翻着土浪，羊肚子手巾扎在头上，扶犁者汗湿衣褂；那边沟里扁担一闪一闪，小脚片踩出花似的踪迹，挑水者是名十三四岁的小女女。扶犁汉子也许觉得今天特别口渴，便朝沟里喊去："哎——凤儿！晌午送饭，别忘了给我多舀半罐子米汤！哎——洋芋丝丝也拿上一点儿！"小女女便转脸应声："哎——舅舅！我听下啦！"他们必须扯长声儿，不然，对方就难以听清。而他们觉得需要排遣寂寞无聊的时候，便以更高亢、更悠扬的嗓音唱了——如果出于自我表现的目的，也必须这样，否则他的歌声就传不到别人的耳朵里；即使是自娱自乐，到处是一片空旷，也不用顾忌讨嫌于人。

而在这片荒凉、贫瘠、闭塞的土地上，又曾经有羌笛、胡笳和古筝的交响，游牧与农耕的混合，胡汉的杂处和互融，因而这片土地上的人们，精神上罕有桎梏，正如清人黄泽厚的《七笔勾》所云："圣人布道此处偏遗漏。"因而他们唱起歌来，既有独特的曲调和韵味，又有无拘无束的张扬和放浪——这就是与中原文化迥异的信天游了。

这是人类自然天性的最痛畅的宣泄。它在漫漶了的一个时间段上像野草野花萌生之后，就越长越多，越开越旺，"信天游就像没梁儿的斗，多会儿唱时多会儿有""祖祖辈辈，年年岁岁，唱在放羊的山坡上，唱在赶脚的大路上，唱在锄地的五谷间"——处处都是宏阔的舞台，声声都如云霞之辞。

但多么可惜，一代代的手艺人不断地造出数不尽的羊毫、狼毫，却没有一支曾将这信天游记录下来。直到延安文艺座谈会召开的1942年，是延安鲁迅艺术学院的师生们，让这些饱含泥土糜谷和露水珠儿气息的信天游，沾上油墨的清香，与《敕勒歌》，与唐诗唐乐，与柳枝词，与梅兰芳舞袖飘拂中的歌吟，肩并肩地站在一起。

于是博大精深的中华文化宝库中，便多了一曲崭新的"关关雎鸠，在河之洲"，神曲般的拦羊嗓子回牛声。

再也忘不了这歌声

我有幸在此期间，被母亲牵着稚嫩的手，走在延河畔。青草开花一寸高。阳光洒遍的山山洼洼，羊肚子手巾辉映着灰军装，军号声、呼喊声、老镢头开荒的声音刚刚止息。宝塔山上白云悠悠。突然，好像从那云缝中，猛乍乍地淌出一股飘逸的光，瑰丽迷人；那是我平生所听见的第一支信天游：

> 你妈妈打你你给哥哥说，
> 为什么你要把洋烟喝？
> 我妈妈打我我不成材，
> 露水地里穿红鞋。

这样土气、这样简单却这样富于艺术魅力的两句信天游，一经入耳，便入骨，便入髓，我此生便再怎么也忘不了了。

上初中后，因为爱上了文学，我被信天游迷得死去活来。我买了一本何其芳、张松如二人主编的《陕北民歌选》，又念歌词又唱曲谱，上下课的铃声也往往听而不闻。书上那些意象，那"上畔畔的葫芦"，那"清水水玻璃"，那"双扇扇门来单扇扇开"，虽然都是我熟悉的事物，但还是给我开启了一个诗意的世界，令我神往。我朦朦胧胧的心上，总有情爱的吟唱引起共鸣。我总觉得，这些忧伤和决绝的爱情歌唱，真是无与伦比的。

那时每逢节假日，常常会领着我家的一只小花狗，像当年的小八路似的，奔向开花的山野。但我不是小八路。小八路的出行也许是为了给开荒的首长送什么东西，盖膝的军上衣被风掀起，我却胸前飘着红领巾，是为了聆听和记录原汁原味的信天游。

起先，信天游要么低旋于玉米丛中，总不见飞扬起来；要么就像天边的风筝，总是影影绰绰，令人沮丧。但走着走着，或在东峁，或在西梁，或在哪个深沟里头，就有信天游清晰地如山泉般涌出，冷冷冽冽、晶晶莹莹，悠悠扬扬把那一波一波的妙音洒向我的肩膀又滑了过去。它有时候竟好像变成一道滴哨（小瀑布），从我背靠的土崖上洒落下来，湿凉了我的耳朵，沁入我的生命。又在有的时候，不知哪儿一声扯长声儿的信天游出唇之后，却似我眼前一股风儿，一阵平扫、一阵跌宕、一阵旋转，直到我惊叹不已的时候，它却消失于一个沟岔。而不久，它竟又在山疙瘩上绕来绕去了，接着又来了一个纯八度的跳进，直抵云天。

…………

有一天我登上了一个山顶，突有一支嗓音浑厚的信天游响在我的耳畔，我看见，唱歌的是个拦羊老汉。他唱得实在太美了，但我写作文时竟不知该如何描述。现在每每忆及，便觉得他口中信天游的上下句变幻出了多么丰富的气象万千。我那时候望着那苍茫辽阔、连绵起伏的黄土高原，听着这支信天游，实在分不清信天游是脱胎于它，还是它有几分信天游的意象？

…………

将信天游炼成一道奇观

感谢李季，是他以诗人的一双神妙之手，以鲜明的人物形象，以美丽的故事结构，把信天游这些散乱的珍珠串联成一部精致动人的叙事长诗《王贵与李香香》，使信天游第一次登上了文学的殿堂。

这是我们时代的《孔雀东南飞》呀，我多次欢呼。这部诗，我先后买过三种版本，它们陪伴我风风雨雨数十年，每页都像一片波浪，每片波浪都在我的手上翻滚过百次千次；我的像鹅卵石的指头蛋儿，至今犹记着那波涛的喧响。

1956 年，我是个高一学生。在延安举行的五省（区）青年造林大会上，我跟着民间艺人韩起祥，见到了 31 岁的诗人贺敬之。贺敬之与韩起祥二人合影，让我给他们按按快门。我遗憾我手持的相机，无法照出他们胸中的友情深深、诗兴浓酽。

只记得不久，一首信天游形式的作品横空出世，那就是贺敬之的《回延安》。它让我爱不释手。诗人既有对延安的一腔深情如海，又富于创造性，妙笔一挥，就对我可亲可爱的信天游，做了诗化的换血和重塑。那陕北婆姨女子们唱了千万遍的"东山的糜子西山的谷，哪达儿想你哪达儿哭"，到了你抓着延安黄土的手里，完全是一片崭新的革命情状了："东山的糜子西山的谷，肩膀上的红旗手中的书。"而诗中经典名句"几回回梦里回延安，双手搂定宝塔山"，既有信天游的质朴语言和韵味，又充溢着李白一样的浪漫诗思。此诗句，多少年过去了，却一直朗朗于大中学生的口中，而且由油墨印成的文字，变成延安石匠錾子下的石头，竖在延安的大门口了！

千座青山万道沟，我死活忘不了这诗两首。阳畔上酸枣背畔上艾，我愿向这些诗顶礼膜拜。应该说，在我国的文学版图之上，信天游就像千朵万朵的白云彩，云拥奇峰出，霞飞散绮红，那便是这两首杰作。

遥想唐宋当年，孰能料到，起先并不怎么起眼地脱胎于南方民歌的文人之词，后来竟形成数百年的文学之盛。而李季和贺敬之对信天游的开掘熔炼，却多少有些空谷足音的味道。不知何年何月，天将降数十数百的大智慧、大手笔之人，能将信天游炼成一道天地奇观——我一直如此企盼。

黄土高原的地貌当然自有它独特的美处，不过它毕竟灰黄得没有尽头，颜色太单调了，大概为了得到心理上的补偿，我陕北的父老乡亲在创作信天游的时候，如一位位梵高，特别注意要涂上几笔浓艳的色彩。比如《蓝花花》这首歌吧。本来，这只是叙说一位年轻姑娘的歌，可是到了这些艺术家的手里，他们首先抛出的是青线线和蓝线线，并且以那么美的旋律渲染着它的明明暗暗、强强弱弱的蓝的色阶、色调，让它终于发出了"蓝格英英的彩"的奇幻光芒。而歌中主人公姓氏的蓝，由于上句的起兴，也变得如白居易笔下的江南，如江南的一片水溶溶的景色，春来江水绿如蓝。

走笔至此，我记忆中最为美好的一角，便泛起涟漪。那是《蓝花花》的歌声与真的江南似的景色融合在一起了。绿如蓝的江水映在我二十一岁的眼帘。飒飒作响的竹叶响在我二十一岁的耳畔。我二十一岁的筋腱饱满的双脚，踩在陕蜀鄂三省交界的大巴山上。我以我地道的延安口音，把《蓝花花》抛起在那山水之间。我看见那些背背篓的姑娘、田间耨草的小伙子，都一齐向我转过脸来。一时间，那婉婉约约的巴山汉水，悉被我的嗓音注进了一股粗犷的陕北之艳，我从那姑娘和小伙子的脸上读出，那儿的山水分明是双倍地美了。那当儿我的心里蓦地冒出"前不见古人，后不见来者"这两句诗来，但我绝不像陈子昂似的悲戚、寂寞、哀伤，恰恰相反，我是太得意、太自豪了，因为我觉得，从悠悠历史到茫茫未来，也许我应该是唯一的一个以陕北拦羊娃的方式，把信天游带到此间的人。哦，多情应羡我，正年少，爱歌爱唱，风华翩然。

山丹丹重开红艳艳

我是一路苦恋着信天游走进中年时代的。不知不觉间，我收集购买的信天游和陕北民歌，以及与之相近的爬山歌和山西民歌的资料和书籍，无法尽数。把它们堆在一起，竟有十几斤重了。"文化大革命"中，我被下放到红砂石箍窑的志丹县农村。因为夜里多有读书的时间，有一次回家时，我骑着自行车把它们悉数带上了。走了五六十里路，忽然发现竟好像把它们丢在一间小饭铺了，我的头嗡地响了一声，像丢了魂似的，顾不得累得难以抬腿，硬是折转身去，颇费了些周折，总算把它们找了回来。

忽有一日，省上组织了个创作班子，拿着初步改编下的五首陕北革命民歌来到延安，住在南关招待所，一边修改一边征求意见。我们延安文工团创作组一行数人，被召去开会。

这个招待所，在20世纪40年代，叫做陕甘宁边区交际处。记得翻修它的时候，缺石板，我家还捐献过10多块。无数著名人物曾到过这儿，冼星海夫妇风尘仆仆地初来延安，就是在这个大门口放下手中的行李，走在信天游的余音中；贺敬之就是在这儿的窑洞里，以感冒了的身子艰难地呼吸着高原的甜美，写出了《回延安》。现在，招待所会议室大幅玻璃窗照进来的阳光，又照在一些当年的文艺工作者的脸上，他们的身边也有与我年龄相仿的我的文友，他们都是这个创作班子的成员。经过初步改编的陕北民歌，如久埋土中的明珠出土，如重开的牡丹，闪耀在人们面前。

我骄傲我生身于陕北。我更骄傲我泡大于信天游的江河湖海。马里头挑马不一般高，歌里头挑歌就数信天游好。我看信天游多妩媚，料信天游看我应如是。

在 10 多年之前，我曾忧心，那曾经像野草一样一个劲地往出钻的信天游歌手，在陕北这片可爱的黄土地上，怎么忽然间变得稀缺起来了？可幸好是我的感觉有些偏差。完全是在不经意间，我终于发现信天游歌手就像雨后的山丹丹，开得好红好红，这山是，那山也是。王向荣和阿宝的歌声未落，王二妮的天籁般的嗓音又响起来了，接着又是韩军和雒胜军。

更让人欣喜的是，那一年回延安，一下火车，便有小青年们一边出车站，一边放开嗓门，高唱着一声声的信天游。他们大概一看见宝塔山，嗓子就痒痒了。他们对着延安群山环抱的空旷的夜空，就像虎归深山鱼归海，便任情、任性起来。看来在他们的心里，延安的火车站就像放羊的山，赶脚的路，像马茹子果眨着眼睛的崖崖畔畔。

啊，陕北，生我养我的这片厚土哇，我愿像这信天游一样地高高飞起，化作装饰你的夜空的月晕，绕着月亮转圈圈红。

桃花鼓声安塞

安塞在延安正北，离延安只有 40 公里，可是过去由于交通不便，我家的亲戚朋友，去过安塞的屈指可数。只是听说，安塞有个真武洞，那洞很神秘，藏着无数故事，一说可以通到山西，一说可以通到靖边。春天的安塞，满山桃花，老辈人说，每年 3 月从洞那头吹进去的桃花瓣，直到 6 月才能从这边飘出来。这个浪漫的故事，使我很是着迷。我班上有个同学是安塞人，他告诉我，从延安西川流来的那条河，就源自安塞。所以那时候，一个满怀好奇心的少年，常常望着滚滚而来的西川河水，充满遐想。

二十多年后的一天，我终于有机会乘车去安塞。安塞路不好走，因为西川河弯弯曲曲，常常挡在路上，大小石头在波浪中出没，这可忙坏了司机的双手，时而换高挡时而换低挡，一个同行者喊道："哎呀，快把人摇得散了黄了！"

一进入安塞地界，到处是五谷的气息：玉米的、谷子的、糜子的、小麻的、黄豆的、豌豆的，还有地椒的气息、羊的气息。地椒是这里和志丹、吴起一带独有的一种香味浓郁的野草，到处都是。安塞的羊肉味道鲜美，缘于这里的羊吃地椒，仿佛长肉时，便已撒上了香料。

安塞街道不长，宁静安谧，铺面好多都住着人家。这里只有一个供销社和一座国营食堂，要不是挂着一块县政府的牌子，人们也许想不到它是个县城。此时的我，已经工作多年，少年时代的浪漫情怀所剩无几，看见真武洞洞口时，觉得它无非是个较大的山洞。

这是我对安塞最初的印象。

其时我在延安歌舞团从事创作。有一天在院子里，我看见一些农村后生给舞蹈演员示范打腰鼓，那动作如霹似雳，直击人心，顷刻把我镇住了。一问，那些后生全是安塞来的。他们打腰鼓的英姿，出神入化，震荡心魄，那是任何演员都学不来的。这，给我的印象太深了。我自愧虽然去过安塞，却不曾发现安塞还有这样一种灿烂的艺术。

我心旌摇曳，产生了创作冲动，想写一写安塞腰鼓。为此，我又专程去安塞看打腰鼓。安塞这时已修建起相当气派的大礼堂。当时任县文化局副局长的贺玉堂，是一位已经在好几部电影中唱过歌的著名民歌手，他在他的办公窑洞，为我放声高歌，那奇高的嗓音，让我叹服。他还就近找了几个腰鼓手给我表演，我再一次被那腰鼓感染了，久久难以平静。然而，几次提笔，又搁下。从生活到艺术，有时不是那么简单，甚至可以说是举步维艰。后来我认识到，那是因为我内心的认知和感情，还未到火候。

又过了好几年，中国迎来改革开放的大潮，人心大顺，万马驰鸣。我去关中西府千阳农村下乡，心里也鼓胀着空前炽烈的激情。结果，只用了2个小时，我就把《安塞腰鼓》写了出来，不久发表在《人民日报》上。就像以前发表作品一样，心里浮起一阵快意，不过很快就烟消云散，一切如常。

后来，这篇文章不断被选入各种散文选本。而且，它好像变成了一只鸟儿，扑棱着翅膀，落在了如大树小树一般的各种语文课本。此时我才意识到，它已成了我的代表作，贴在我的身上了，长在我的身上了。于是，我常常会想起安塞。

去年我回到延安，受邀又一次来到安塞。

汽车沿着宽阔的大路飞驰，一路上桥梁飞架，已没有奔腾的河水挡道。大路平如砥，车如响箭飞。路的两侧，有崛起不久的高楼大厦、石箍窑洞。天上的云，好白好白。偶然也看到了羊群，羊群比云还白。一位老人踽踽前行，折形的镢头朝后挂在肩上，镢把儿就像一股溪水，沿着他的躯体斜着向下流淌，自在如仙。

蓦然之间，看见了前面的腰鼓山，山上高竖着一个巨大的红色腰鼓，而山下就是安塞市区了。现在的安塞，已是延安的一个区，高楼鳞次栉比，一派现代城市气象。市中心矗着一座金色雕塑，造型是鼓手在捶击腰鼓，充满动感。他的双脚飞舞的场地，是一面大鼓的造型，鼓面光亮，鼓身鲜红。安塞人，已经用腰鼓做了城市的招牌和名片。

而我的注意力，已经落在一些斜背腰鼓的小朋友身上了。那是红军小学的娃娃。他们在语文课上学过我的《安塞腰鼓》，听说我来了，呼啦啦地跑到我的面前，要给我表演打腰鼓。他们的眼神，明亮而炽烈。他们那些好看的小脸蛋上，不知吸收过多少阳光，甜美亮丽。和他们在一起，就像和袅袅上升的地气在一起。他们身上腰鼓的红、背带的红、流苏的红，以及情绪的红，包裹着我，我成了喜庆的中心。

打起腰鼓的孩子们，腿脚欢蹦，精气神四射，鼓槌上的流苏飞舞，用语言极难形容。霎时间，我仿佛看见真武洞里飘出漫天的桃花瓣！人道是"杏花春雨江南"，但这儿不属于江南，而属于北国，是北国里的安塞、粗犷的安塞、强悍的安塞、谷子南瓜苹果飘香的安塞、"走头头骡子三盏盏灯"的安塞，这儿是"桃花鼓声安塞"。在安塞，在日头映红的安塞，在石鲁笔下的火红高崖下，孩子们忘情地歌舞。

杏花的气质是温婉秀丽清清浅浅，桃花的风度是激越轩昂风风火火。如果说杏花的魂灵是水，那么桃花的性情就是火，矢志不渝地燃烧。迎着高原的阳光，那些桃花瓣，从真武洞里飘出极多极多，简直是喷出来的。花瓣一片挨着一片，一片映着一片，上下翻飞；花瓣有如金的质地，铿锵劲舞；花瓣片片散发着香气，展示着这片土地的芳华。而那些孩子们，则是一片寰宇的光芒，一群火的精灵。

安塞的丘陵沟壑里，奔腾着不少河流：延河、杏子河、西川河、小川河、小沟河、双阳河……现在发现，在它的地层下，有更多的石油河。整个安塞大地，是包着一团火的。世世代代的安塞人，也像这片土地一样，心底回荡奔突着滚烫的热血。

早在古代，安塞就有"上郡咽喉"之称，常有重兵把守，山山岭岭都回荡过战鼓助阵的声音。唐朝"安史之乱"期间，伟大的诗人杜甫，望着安塞的芦子关，写下了感时忧国的诗篇。在解放战争中，安塞出过一支英勇善战的游击队——塞西支队，它的队长安塞人田启元更是威名远扬。1947 年，西北野战军三战三捷，正是在真武洞，彭德怀将军召开了五万军民参加的祝捷大会，留下了一帧英姿勃发的照片。有人说，冲着安塞一眼望不到头的高山大峁一声喊，随时都会出现九路烟尘、八百悍将、三千五百雷霆。这片土地孕育出的腰鼓艺术，哪能不高迈劲健、威震八方？

眼前是桃花鼓声安塞，是打腰鼓的安塞。这腰鼓的磅礴气势，来自唐宋元明，来自长河落日，来自"天苍苍，野茫茫"，来自中华古老的优秀传统，也寄托着我们新的希冀。想起老人们说的，娃娃们若成了优秀的腰鼓手，一辈子都会蓬勃向上，永不沉沦。

天 使 之 城

数不尽的车轮在扑，在飞，在飙，在亢奋着每一立方米的空气，从而使大地的鼓面、琴弦以至血脉一齐响个不停，哐哐哐哐！哐哐哐哐！接着浪涛般的汽车进入眼眸。接着写着英文的高大路牌进入眼眸。接着现代文明的无限风光辽阔画卷进入眼眸——六车道，八车道，十车道。中央分隔带的硕大卵石、碧绿嫩草和常青灌木分隔着左边右边。左边是南来的流水一般的汽车，右边是北去的汽车的不尽波涛。此刻正在落着细雨，天灰蒙蒙的，左边的无数首灯亮着它的白炽，右边的尾灯是一溜殷红。流水奔腾波涛奔腾，白炽奔腾殷红奔腾，阵阵霹雳阵阵风。

但我一霎间又感到眼前好像不是车阵，而是非洲动物大迁徙中的角马。野性的角马！无羁的野马！千千万万的角马！多么壮观的角马！角马们一头头躬身跃蹄，血脉喷张，勇往直前，在蓝天下的苍茫原野。而我，是藏在角马肚子里的一条小虫子。角马跃起我也跃起，角马下落我也下落，我随角马有了野性的力量，无羁的速度。我想问问众角马：哪儿是你们梦中的草原？是那云霞明灭的前头吗？

然而，眼前毕竟是洛杉矶。洛杉矶，这个200余年前被人命名其意为"天使之城"的地方，它有非常完善的高速公路系统，供钢铁的角马任意驰骋。哦，那是多么宽阔、多么平整的道路哇，那道路！忽然，路中的一条，它离开地面了，它躬起了身子，像龙一样飞起来了，背上还

69

驮着车辆。另一条路却从侧面斜插过来，也离开地面又躬起身子，也像一条飞起的龙了，背上也驮着车辆。而还有许多车，就在两条龙的身子底下继续奔跑。哐哐哐哐！哐哐哐哐！风驰电掣。各显神通。哐哐哐哐！时速已是七八十英里了，有的车还嫌太慢，还在几个车道间见空就钻，往复穿插，迂回超越，终于，它甩开了好些好些车辆，如一支嘶风的箭矢，远远跑到前面去了。

路上一条条白的、黄的，虚线、实线如五线谱的美丽横线，每辆车都以自己的声音给上边添加着音符，丰富着这曲时代交响乐的灿烂旋律。时有两人一组的警察骑着摩托巡行在车流里，如两只疾飞的鹰。而全然是在我们不曾留意的时候，车流忽然变了秩序，有的直去，有的斜出，有的东拐，有的西转，有的逸出视线，有的趱了回来，眼花缭乱中，便有环形巨桥高高崛起，向着它，一股车流疾冲而上，同时倾斜了身子，然后在它的上面作大回环的奔腾，如天河在旋，星云在旋，雷电在旋。旋着，旋着，忽的一下，车流又落了下来，眼前又是平坦大道，哐哐哐哐，哐哐哐哐。

人都道，这便是洛杉矶最常见的风景。这风景几乎占了洛杉矶土地的三分之一。这风景永远在哐哐哐哐地响着永不沉寂。

人都道，这便是洛杉矶之恒景，永景，恒永不变之景。只有路边的树木变换着，一月一种颜色。只有路上的天空变幻着，或阴，或晴，或晴转多云。只有路面的舒适度变换着，因而必须常常维修。

而我暗想的是，这风景虽然给了人莫大的惊喜，但在它的里面待久了，总让人感到神经过于疲累。幸好顺着一条逸出的路，我们的车子获得了闲适与自在。我们开始优哉游哉地欣赏洛杉矶的市容。我曾经去过纽约，洛杉矶与纽约大不相同。它没有纽约似的亮丽的曼哈顿一样的市中心。它没有纽约似的高楼如层峦叠嶂。无所谓市中心，所谓市中心绝无传统市中心的阵势，只有数得出的一些大楼，街市如一位洗净铅华的少妇，朴素得不戴任何头饰，而一转个弯儿，就是位活像乡村小姑娘似的乡村小街。建筑与纽约的高楼林立迥然相异，多低低矮矮，不及树高。从高处望下去，一棵棵树木之间，掩映着无尽的房屋和泳池，树冠是凸起来的绿，屋顶是凹陷着的红褐灰黑各色，泳池更在凹处之凹，是闪闪的镜蓝，树与房屋与泳池，酷似雕刻于大地上的一块浩阔无边的彩色浮雕。到了低平处，眼睛里就只有遍地树木、房舍映入的影像，除此之外，满眼眶便都是蓝漾漾的天了。这样，有时候真让人感到没有跌宕，没有起伏，一览无遗。但你刚刚生出这样的感觉，它却精彩地出现在你的眼前，一幢一幢的建筑，要多雄伟有多雄伟，要多前卫有多前卫。看多了，你才发现洛杉矶以低平为主的建筑无所不包：最豪华和最破烂的，最时新和最古典的，最杰出和最平庸的，皆共存而相安，就像它的社会建构。洛杉矶地震频繁，一切以安全为基准，没有任何祖宗成法。它的整个建筑无规则地漫延四散为186个大大小小的城镇，这些城镇共同组成了它的版图。它虽然迷乱得有时候让人分不清东南西北，却又总是显得井井有条。它是一个最不像大都会的大都会，但它比一般大都会还要大，大到了近乎缥缈玄乎。

洛杉矶浓重的商业气息，如大雾一样飘过长街短街，花圃草坪，凝结的却不是水，而是声，是光，是纸，是到处飞散的广告。我们的车被无索的广告强力牵引，向前走去。

来到一个豪华商场，商场外的停车场上，密匝匝的汽车如砌砖似的砌得严丝合缝，或者如一个装满啤酒的箱子。我们的汽车成了多余的砖多余的啤酒，绕来绕去，绕去绕来，浑不知机会何处。商场里自然是另一番景象。滚动式电梯上人流滚滚。碧绿而细高的大树从楼底升上来，一直升到4楼，似在探首观看高处琳琅满目的商品，这修长绿树，这植物王国里的长颈鹿，它看得那么有滋有味。橱窗里的各种名牌如种种从未经历过的威慑和惊吓，不待你走近前去，你的盔已丢甲已撂，似乎连看一看的勇气都没有了。便宜一些的东西也有，那是品种繁多的当红小生——中国产品。再到仓储商店看看吧，我说。走进去，我们推着购物小车，就像走进深深的山谷。左是货品之崖，右是货品之崖，崖上长着摩托车、洗衣机、床垫和一袋一袋的面粉大米，长着一切你需要的东西。你走在两崖之间，看不见云影，听不见鸟鸣，由不得想起贾岛，想起松下的童子，但立即觉得错了，你看到了现代的极大丰富了的物质。后来眼瞟几处崖根，却有童话一般的情景出现，那些地方总有和善如圣诞老人的老伴一样的老太太现做着各色熟食，或是一小块，或是一小杯，任你品尝。

洛杉矶是一个移民城市，年年月月总有数不尽的移民如树种一样被钢铁的鸟儿衔来，因而这儿便蓊蓊郁郁地长起了色彩不同、气味不同，共生共荣的种种花树。中国城、伊朗城、小东京、墨西哥街。中国城的大红灯笼、大红中国结辉映着勤奋脸庞。伊朗城的珠光宝气搅杂着些许谦卑。何其刁钻的小东京的生鱼片蘸芥末，它的气味从鼻腔一直能冲到每一根头发梢上。墨西哥街的街头小摊，购物者有萨尔瓦多人，也有危地马拉人。身处主流社会中心的美国白人是很少光顾这儿的，我问过他们，他们总是对少数族裔心存神秘。他们说，只看见人们在中国城拥，在伊朗城拥，在小东京拥，在墨西哥街拥，却不知道他们整天在那里都忙着些什么。但到了海岸步行街，面迎咸咸的海风和如血的夕阳，包括美国白人在内的所有族裔的人，都走到一起了，都是一种闲散的做派，走几步停一停，看黑人打铁皮鼓，看俄罗斯人为人画像，看中国人耍杂技，并且互相嘘寒问暖。出几个硬币，凑上高脚望远镜看远处轮船。看白色的海鸥拍翅而下，给它喂点儿什么。还可以钓鱼，鱼就在码头之下的海里，一跳一跳。

长长的山脉绕着洛杉矶。有的山头终年积雪，给这亚热带的城市投下几分异彩，开车一瞥就是一座"清醒"，到了炎夏，望见它就像有冰淇淋滑入肠胃。有的山就横亘在城市当中，山的两边，一边穿夹衣，一边穿背心还淌汗水。但这儿的山与中国的山有极大的不同。中国的山是春天来了，野草绿了，这儿的山却正好相反，野草的绿裙永远是伴着冬天穿起来的。因为带雨的云彩只为冬天而忙碌。白领们多以山上为家。山上也是鹿的家，熊的家，花的白的孔雀的家，因而白领们是有福了，日日如扮天使。

市区的西北，高高的山头写着鼎鼎大名，山腰上有电影胶片状的围墙蜿蜿蜒蜒，剧院门前深印着影星们的手印脚印，那当然是令人眼睛为之一亮的好莱坞了。世界上最精彩的梦境，最动人的歌剧，最看好的电影总是孕育于此。不管是天晴天阴，人潮总在这儿汹涌。目光四扫的追星的狗仔队员掺和在人潮之中。有的狗仔队员还向我们兜售影星住址及路线图，用英语说不贵，只10美元。我们虽然没买，但并不表明我们对艺术家们毫无兴趣。来到这里，我们其实已经是业余的狗仔队员了。不是吗？走在这里的街道上，遇见擦肩而过的男男女女，我总由不得一次次回过头去，望着他（她）们的背影，猜想哪位是影星，哪位是导演，哪位是制片，哪位是作家或者音乐家。而当我不再留意的时候，在一个小饭馆里，我们坐在桌前等待女侍端上菜来，同伴捅我的胳膊，悄声说："喏，他就是一位大明星。"顺着视线看过去，那是一位身着白衬衫的男人，他正在出门，我看见的是一魁梧的背影。

影星们的住宅区在日落大道。大道边的棕榈树，都是影星一般的修长身材，娉娉婷婷，引人遐想。路两边永远那么静穆，真好像是到了天使的住处。偶尔可以听见风铃轻响。听见它，就像隐约看见在远处的什么地方，某人姗姗而来，脚步刚刚停下。一栋一栋的豪宅。一栋一个式样。每家的前院都是一幅画，画里草有草的种种舞姿，花有花的娇羞笑声，还有石头，石头都是那么耐看，那么雍容华贵。有的豪宅更显其豪，其豪多一半隐于庭院，庭院深深深几许；而庭院有大门，大门边攀缘着开着紫花红花黄花的各种葛藤，大门两侧是很讲究的木雕的栅栏，栅栏上连绵回绕着风丝云影般的飘香茉莉。我们的车悄悄地、慢慢地在这些豪宅外面巡游。现在倒好像我们是影星了，我们扮演的是福尔摩斯，我们想侦探出这儿为什么可以迸发出横扫全球的艺术创造力量。

走进环球影城，我们戴上特制的眼镜，看立体电影，看银幕上的蜜蜂飞来，几乎碰上了我们的鼻子；又看飞机坠落于我们面前的海里，也是那么惊险，机翼差点儿劈到我们脸上，而且，分明有海水溅了我们一头一脸，而且我们的座椅都被震得弹跳起来。我们又坐了影城的游览车，沿山路而下，看好莱坞的实物布景，看黑漆漆的山沟里突然发生地震，房屋倒了，电线杆倒了，十轮大卡从断了的山路上滚落下来；又看山洪突然暴发，飞流而下，山洪从小屋的窗子里射出如一条白龙，桥梁也断了，我们乘坐的游览车蓦地掉入水中。

整个洛杉矶是一个庞大无比的乐园，这也欢呼，那也喊叫，而奇绝最数迪士尼。在迪士尼，我们狠狠地玩了一回过山车。

我们仰起头。晴空里，是过山车的滑道，是一道道钢的线条，铁的线条。钢的直的线条，铁的弯曲的线条。线条的大弧，线条的巨圈。线条的歌唱，线条的舞蹈，线条的情思飞扬。道道线条都是滑道的长虹，长虹错落有致，气势磅礴飞跨云天。而转眼间长虹淡成了迷离的背景，代之而浓重起来且喧响起来的，是过山车。过山车如泼墨泼出的一样，又昂扬凌厉势如破竹。一车一车的风！一车一车的雷！一车一车的人影！一车一车天使的欢叫！而我们不久也登上了天使之座车。一声咆哮，我们的天使车也行动了呀，何其迅疾！失重的身躯，旋转的视野，翻飞的地面，梦幻的大千。想大江大河、股市房市的暴涨暴跌大概如此。想它们造成的深长震撼大概如此。这是洛杉矶对我们这些远来客的厚待和磨砺呀，好厉害的磨砺。啊啊，它的高度、速度、陡峭度，度度惊心惊魂，爆出的尽是惊字险字。我感到了从来没有经历过的巨大的恐惧。恐惧中又有几分狂喜。恐惧与狂喜从相反的两个方向撕扯着我的灵魂。我几乎想逃离而去，但欲罢不能。我明白我的弱点暴露无遗了。但我随即振奋起来坚定起来，想这样的人生感觉才够劲儿。

扯我撕我的，扒我衣服透明我身心的，是八级风！十级风！十二级风！

我体味到了最大的快乐。我与雷电一同呼吸。我身上迸发出光芒万丈的生命激情。

忽然间，我瞅见左上方来了另一辆过山车，我看见它呼啸而至，一个翻身就载着一车惊叫打头顶倒着飞过，而猛然间它又来了，鹰一样，电一样，光一样，俄顷又转过去了，转过去又转过来，惊叫声中，俯冲翻滚而下。而这时候，我们的过山车正以迅雷不及掩耳之势，狂飙突进，只一眨眼，它直立起来了，如一枚呼啸的火箭，垂直着并扭动着向上射去。俯瞰身底，是夕照映红的千路万屋织就的洛杉矶；仰望，是苍穹，是浩茫星际，是多年深藏于心此刻被过山车激亮了的一种高度、一种目标。我，身挟风雷，冲上去！

抖动的花树

那天，在洛杉矶的一个公园。

看了园里许多争奇斗艳的鲜花，看了树上、墙上、草坪上的许多美丽无比的孔雀，我们拖着乏困的双腿，返回到大门口，就要离开了。

我们的心情是愉快的。因为连罕见的白孔雀都见到了，连飞翔的孔雀都见到了，所以心里还鼓荡着许多满足感。

我们的眼睛已望着大门之外，那儿远处是苍茫的山，近处是停车场，我们的车就泊在那个停车场里。

可是就在这时候，就在大门的一侧，一道斑斓之光神奇地一闪，一只孔雀，它，开屏了！

孔雀的尾巴原本是延展在躯体的后边的，可是，现在，这尾巴，竖起并且撑开，成了一个高高站着的以身子填补缺口的大圆。

孔雀的尾巴原本是蓝绿色的，可是，现在，这尾巴，它的上面亮出了许多眼状斑纹，眼状斑纹里有蓝绿，有暗紫，有铜色，有暗褐，有浅黄，有葡萄红，真是五光十色，缤纷耀眼。

孔雀的尾巴原本像湖水一样宁静，可是，现在，这尾巴，如一道跌落的瀑布溅起水花，并且发出了很有节律的声音。

可遇而不可求的事，让我们遇上了！

活像大幕已降落了多半截，却又演了一场好戏！

我们兴奋地停住出门的脚步，转身走向那儿，坐在一张木制长椅上，观看起来。

我们的身边只有很少的几个人。

孔雀简直是应我们之邀，受我们之请，专为我们表演。

我们以前从来没见过孔雀开屏，现在不但见上了，而且，见的是如此奢侈，如此尊贵，如此不可思议。

在我们的面前，原本温柔娇羞的孔雀，现在变得冲动、亢奋而又激昂。它头顶凤冠，脸如冒火之炭。它高大美丽的尾屏颤抖着，闪耀着，发出啪啪的响声。它不住地走来走去。

我们谁也不出一声，都是屏息凝视。

眼前是什么呢？眼前分明是一棵战栗的花树，这花树非同一般，它的根子应该是扎在云霞里的，它因汲取了日月精气而生机蓬勃，它的每朵花儿都闪射着奇异的光彩。

眼前是什么呢？眼前分明是一台由大自然孕育出来的绝妙机器，这机器轻声震响，高速运转，比世界上的任何机器都要好，都要神奇，因为它烧的不是汽油柴油，它烧的是血。

哦，眼前什么都不是，只是孔雀，和孔雀的化身——我们中国的姑娘杨丽萍。但分不清，哪是孔雀的生命律动？哪是杨丽萍的轻盈身影？哪是孔雀的深情顾盼？哪是杨丽萍的臂上波澜？哪是孔雀传递的天地信息？哪是杨丽萍舞出的动人语汇？

在这里，没有半丁点儿的装模作样，没有半丁点儿的刻意逢迎，没有半丁点儿的敷衍应付；有的只是赤裸裸的坦诚，赤裸裸的率真，和赤裸裸地拥抱这个世界！

自然更没有任何形式的隐忍和无奈，自然更没有任何形式的委委琐琐，自然更没有任何形式的循规蹈矩；有的只是顺应自我、表现自我、张扬自我的原始生命力的蓬勃！

我们被照耀，我们被净化，我们被提升。我们和孔雀发生着微妙的共振。我们身上丑陋的一面在纷纷掉落。我们觉得自己也快要成为孔雀了。

这时候忽然天色一暗，眼前的孔雀终于收敛了它的彩屏。

我们猛一回头，发现我们身后不知何时竟耸起一道人墙。我们看见男的女的、老的少的、白的黑的黄的各式面容；我们看见一张张面容都是那么激动，那么美丽和那么光彩照人。

我们看见，人们都像刚刚开过屏一样，面容中洋溢着幸福的光晕。

我们希望，有那么一天，人们都能真正随心所欲地释放出自己的全部美丽。

绝美红脯鸟

院子里种了些枣树、桃树和玫瑰之类的花木，阳光烤炙着，每天都必须浇一次水。于是，我们在门口放了三只桶，有了洗过菜淘过米的水，都倒进桶里，以待黄昏时使用。就因为这三只盛水的桶，意外地给我们的院子增添了几分美丽——飞动的、有颜有色的、携着琴音的美丽。

那是一些红脯鸟。它们的头和尾小燕般黑，背和翅是鸽子灰，肚脯最打眼，柔美的红，宛若沾上了我们种下的红玫瑰的花瓣。它们是专门为喝水而来的。它们发现水时，应该如同我看见它们时一样的惊喜。我从它们蹲在桶沿上不顾一切地低头一啄一啄的姿态上，从它们微微颤动的红脯上，从它们尽情尽兴享受着的目光上，真切地看出了这一点。那是很自然的，因为附近有的是虫子等食物，但水却很缺乏——人们给花木浇水都是用水管子浇，没有人像我们一样门前总放着攒水的桶。

红脯鸟有了这样的第一次之后，就成了我家院落的小常客，有时来得多些，有时来得少些。而我，每天都期盼着、留意着它们的到来。常常，我正伏在案头做着什么的时候，眼睛的余光，就忽然瞥见几朵柔红自天飘落，空气里的温度好像因之有了微微的上升，我知道一定是它们来了。但它们对人总是保持着一种警惕，来了之后，并不径直飞向桶沿，而是先站在墙头上或树梢上，小眼睛骨碌碌转上几转，确信院子绝无人迹之时，才会飞向目标。它们喝水的姿态真让人百看不厌。我有一次透过玻璃窗去看它们的时候，其中一只也正斜着脑袋看着我；它大约看见我并无什么动作，并无什么歹意，便不慌不忙地又去喝水了。另一些鸟儿呢，被它所感染，也变得不慌不忙起来。不久，它们喝得很满足了，就在桶沿边互相梳理起羽毛，那优雅的姿态，如同舞蹈。

有时候，桶里的水并不是很满，它们的喙够不到，那可难为了它们。它们尝试了又尝试，最后不得不悻悻离开。于是，我赶紧打上半盆水添到桶中。本以为它们早已飞远了，可是我刚一进门，它们就倏然又出现在我的视野中。

环顾院落，我恍惚觉得，这些红脯鸟，就像是我们种下的几朵红玫瑰，却无根茎的牵扯，来去自由；而红玫瑰呢，活脱脱就是半院香气袭人的红脯鸟，似乎随时都可以飞着唱着腾空而起。再看看我放在门前的三只水桶，它们原本只是为院里的花木服务的，可是现在呢，它们已然增添了新的服务对象。

桃子红了的时候，不知从哪里钻出各色鸟雀，大的，小的，色彩朴素的，如同做了美容手术且装扮妖艳的，一伙又一伙地来争食。那些鸟雀们东一口西一口的，两三天下来，硬是将半树桃子咬得烂兮兮的。于是，我一边驱赶一边抢收，尽管那些桃子还未完全成熟。红脯鸟呢，当然也在众食客之中，不过它们总是两只或三只共吃着一只桃子，绝不胡乱糟蹋。这使我对它们心生爱怜，在驱赶别的鸟儿时，对它们网开一面。红脯鸟一定是看出了我对它们的特殊优待，心怀感激，吃得更加细心，竟能将桃子啃得一干二净，于是，枝上突兀着几颗不存一丝果肉但并未断蒂的桃核儿。我看了看，桃核周围大部分地方皆是一片虚空，几乎没有什么落爪之处。我惊讶地想了又想：它们难道是一边扇动着翅膀一边啃食的吗？这不是辛苦得太让人难以想象了吗？哦，这美丽的可爱的鸟儿！

一日，我们上街吃了顿饭，桶里没攒下多少水。我回家之后，透过玻璃窗刚好看见三只红脯鸟口渴难耐地站在桶沿边，一次又一次地伸长了脖子，向下试探，但水太少了，只有少半桶，它们硬是无法够到。但大约它们渴得实在太厉害了，再也无法隐忍，明知够不到，却还是越来越焦灼地频频试探，结果一只红脯鸟一不小心，竟掉入桶中。我听见它在不断地扑腾着，挣扎着，而桶里的空间太狭窄了，它竟无法重新飞起来。我心里好急呀，可是，偏偏在这时候来了快递邮件，等着我签收，我无法立即过去施以援手。我边签收边扭头看，那一刻，另外两只鸟儿忽然全都蓬起了浑身的羽毛，烈焰一般地先后冲进桶里，义无反顾。接下来是一阵让人揪心的竭尽全力的繁响和鸣叫。不用说，它是在勇敢地搭救它的妻子或者丈夫，或者仅仅是朋友。及至我迫不及待地扑到水桶边的时候，三只泡在水中的红脯鸟虽然还有些互相往外拉拽的意思，但都已奄奄一息。我很为自己行动的迟缓而愧疚。我心痛地颤抖着双手把它们掬了出来，小心地把它们湿淋淋的身躯放在桌子上，并用干毛巾轻轻擦拭它们的羽毛，然后让太阳照晒着它们。说来实在万幸，不久，它们竟都恢复了生机，又过了不多一会儿，它们都重新飞上了天空。

我欣喜地目送着它们。我心上对这些勇于互救的鸟儿涌出了深深的崇敬之情。至此，我才算看到了它们全部的美丽，那是一种高情远致的绝美。它们的羽翅上浮漾着天地灵气和日月精华，浮漾着令我们这个世界生生不息、芬芳氤氲的精神元素。

那么一河好水好烟火

登上司马台长城，峻拔威严，长风拂衣，仿佛伸手可以摸到苍穹，可是在我转身间，山河旋转，我看见，一道白练似的飞瀑，哗啦啦地直冲山下。

我凝神山下，小镇倒映在河水里，那么一河好水好烟火。小桥、流水、乌篷船。水汽袅袅飘浮。我看见那鳞次栉比的房子，水意溶溶；那天然潇洒的青砖灰瓦，水意溶溶；那古街深巷，水意溶溶；那石板街道，水意溶溶；那牌楼回廊，水意溶溶；那杨柳草花，水意溶溶。水意溶溶的河水穿过镇区；水意溶溶的碧波层层荡远；水意溶溶的石拱桥；水意溶溶的摇橹声——便觉得，我的五脏六腑，也已经被杏花春雨的江南，醉得水意溶溶了。

然而，这儿还是京郊哇，它离北京城区约有 120 公里。这儿是一个镇子，名曰古北水镇。

这里就像一片江南的土地。它为什么会这样呢？

此地处于北京的密云区。密云之所以有这么一个名字，是因为这里有一座黍谷山（也称黍山），常常浓云密布，空气湿润，农谚说："黍山盖帽，大雨来到。"也许受此影响，这里原来的三个村庄，雨量充沛，水系密布，其中的司马台村，有一条汤河流过，而距此 3 公里外，还有一个鸳鸯湖水库，于是，这里便"江南"起来，水意溶溶起来。

　　这镇子，背靠高山，依水而建，它既有京郊的雄健，也有江浙水乡的温婉。

　　我踩着石板路前行，那路上的每一块石板，都像一页历史，上面都浮漾着岁月的沧桑，它们也都像精雕细刻的艺术品，上面的纹路，越看越耐看。我又抬起头看看，那些新建的就像老房子一样的房子，上面的瓦和瓦当，也明显都是古旧的。又四处看看，许多门窗都是旧物件，门前也放置着旧物件，如拴马桩、上马石。我当然更看见，那些拱桥、平桥、曲桥、廊桥、踏步桥，座座也都旧意十足，尽显古风。我很有兴致地向导游打听，原来，这些石头，瓦和瓦当，拴马桩和上马石，以及那些各种桥梁，都是殚精竭虑，匠心独运，来之不易，大多都是从河北、河南，以至陕西的偏远农村，风尘几百里、上千里收购回来的。他们的工匠精神，令人感佩。

　　沿街看过去，那曲里拐弯里边，有如森林里活泼着众多珍稀动物：司马小烧酒坊、永顺染坊、震远镖局、英华书院、八旗会馆，处处都有我未曾见过的人文风情。镇中心有一座明清式的高脚戏楼，上砌黄色的琉璃瓦和兽脊，檐下又饰以蓝色为主的图案，唤起人的怀旧之情。近些年我曾在网上也见过这样的戏楼，但多是台上演得热闹，往往有十多个角色，而台下却观众寥寥，往往只有三两人。可是现在，台上两位女演员在演出京东大鼓，台下的游客却坐得满当当的，看得津津有味。对此我感慨不已。许多地方早已衰败了的戏楼，在这儿却获得了重生。

　　夕阳终于西下，晚霞收走了它的最后一缕色彩，夜，渐渐来了。夜是从古北水镇的清粼粼的水上开始的。夜来了，夜气开始如雾渗出，河水慢慢地暗下来，变黑了，黑色的大鹏张开翅翼落下来。它一落下，暑气全消。这里白天的阳光特别强烈，很是晒人，到了夜里天气却非常凉快。随着夜的来到，风景中的线条，好像被一位特级魔术师，全都给变白了。白色的线条仿佛画在黑屏上，画出了一座一座明丽的桥，画出了河水的若有若无的波纹，画出了两岸的小院、人家、灯火，也画出了摇着的橹，橹像与河里的倒影在说悄悄话，一声轻橹一销魂。

那些灯光从方格子窗户里漫溢出来，好像是想睡的眼睛，半睁半闭地望着我们，但毕竟都是烟火人间，而我们抬头望那半山上，那儿的圆通塔寺，灯火掩映中，是一缕禅修气息。我遂想起唐代，想起唐代的姑苏，想起姑苏门外的寒山寺，如果这儿也有一声嗡嗡的钟声，传到我们的乌篷船上，那该浓厚了多少诗意。这应该是这儿的一个缺憾。如果真有钟声传到我们船上，我们就成了朦胧诗中的诗句了，有声有韵。

隔着船底，我们脚下有那么一河好水呀，河水轻轻律动，尽显浪漫。

我们自在地望着周遭的迷人烟火。

这时候，还在工作的，还在使劲的，只是身穿红色救生衣摇橹的船夫。他当年是这儿的会水的农民。现在，他依然如同当年在做农活，膀子上汗晶晶的。而夜长城就在他的头顶，长城的灯光也早已亮了，亮得就像锣鼓响！

那年的老鼠

出差回来，擦了一把脸，从旅行袋里翻出几份材料，一边整理着，一边听正在为我做饭的妻子叙说；到后来，材料占据了我的整个心田，而妻子的话，不管是风，是雨，全然充耳不闻了。

待了一会儿，却又听见一句："……我掀门一看，嘿！人家三四只，都在咱们的长沙发上蹲着呢！"

我不由一怔，抬头注意听起来。

"真欺负死人了！你看，把三彩马的尾巴也打掉了！"

高低柜上，我的心爱的三彩马，果然没了尾巴，它的屁股上留下一个十分刺眼的白白的痕迹。

我心里闪出一伙彪形大汉的影子，于是紧张地问："谁？他们是谁？"

妻子却出人意外地说："老鼠！"

原来是老鼠。我不禁哑然失笑。生活中的许多片段，是极富有戏剧性的。

这天晚上刚一睡下，老鼠就活动起来了。一会儿，当的一声，撞倒了瓶子；一会儿，啃得木箱笃笃响；一会儿，互相追逐，戏闹，一声一声吱叫，一阵一阵很大的响声。我和妻子的沉沉睡意，全被它们冲光了。这些可恶的东西！

妻子忧心忡忡地说:"我是没法儿了,你看怎么办吧?"

我不在意地说:"小事一桩!50年代读初中的时候,大搞爱国卫生运动,我还曾被评为捕鼠小能手呢。"

的确,消灭这几只老鼠,我觉得蛮有把握,觉得是不费吹灰之力的事情。

第二天,我借来了鼠夹、鼠笼。我信心十足,准备把它们一网打尽。

出人意料的是:它们竟一只也没有上钩。

第三天,我又买来了鼠药,精心地包了许多饺子,并且在饺子皮上涂了些香油,等待着老鼠送死。

依然出人意料:老鼠把饺子倒是都吃了,只是安静了半天,又闹腾起来了。

看来,我原先把事情看得太轻松了;与当年的老鼠不同,它们精怪极了,并且有了极强的抗药性。

我又想了许多办法,又买了一些别的老鼠药,但是,也都失败了。

我不死心。在一个星期天的早晨,动员了妻子和儿女,和我一起大动干戈,翻箱倒柜,企图直捣老鼠的老巢。谁知搞得尘土满身,精疲力竭,却毫无战果。

正在大失所望的时候,女儿一声惊呼,她发现老鼠了。柜子下露出一截老鼠尾巴。我立即伏下身子,脸几乎挨上地面,一看,两只老鼠并排仰面紧贴在柜子底。刚才,我们把柜子来回挪动了几次,而它们却沉得住气,一动不动。它们显然知道自己选择了藏匿的最佳方案。此刻我刚要动手,它们却嗖的一声,又跑掉了。

妻子讥笑我说:"好一个捕鼠能手!"

我不想说话。我无可奈何。我不知老鼠又会藏到什么地方。

80年代的老鼠,真和50年代的大不一样了。一次,下班回来的时候，我亲眼看见一只很大的老鼠，沿着楼房的砖墙，一直爬了上去。我还发现，它们现在居然像市民们一样，对油腻的食物不怎么感兴趣，反而喜欢吃清淡的东西，特别是水果之类。过去，谁听过这样的事情？

老鼠天天捣乱，不但搞得连粮袋都没地放，而且欺负得人简直无法睡觉。我终于想出了一个法子。我找到一条绳子，一头拴在灶具上，一头压在枕头下，一旦听见老鼠响动，便频拉灶具：锅响，盆响，瓢也响。妻子为之大笑。我和孩子们也都笑了。呜呼！苦中作乐，莫过于此！

这法子最初很有点儿威慑力量，一拉响，老鼠便被吓得不敢动弹了。我们便可乘机进入梦乡。这是恫吓政策，又有点麻雀战的味道，真可谓土洋结合，大显神通。但重复过几次之后，竟也被老鼠识破，不再奏其效：你拉你的，它闹它的。它甚至感到这声响很好玩，像给它伴奏一样，闹得更凶了。我还没听说过当年的麻雀战曾被鬼子识破，但老鼠却机灵到了这种地步。

一天，听说电猫很管用，我立即借来一个。我一边安放电猫，一边恨恨地对妻子说："今天非把它们消灭尽不可。"

妻子忙打手势："悄声点儿说！要是叫老鼠听见了，又是白费力！"

妻子一定是被老鼠闹晕了。

我说："老鼠再精灵，也不至于听人话吧！！"

"就是说嘛。"妻子这才醒悟过来，笑了笑，又说，"要不，老鼠真成神了！"

大概到了后半夜吧，我拉亮电灯一看，嗬，这一招真不错，一下子报销了五只老鼠！这些老鼠都是一个模样，一般大小，看样子是一窝的兄弟姊妹。我们全家人为这一辉煌胜利，高兴得狂呼起来，以至惊醒了邻居。

我扔掉死老鼠，重新安放好电猫，钻进被窝；刚要熄灯的时候，却见一只大老鼠窜了出来，直直端端地撞在电猫上，立即呜呼哀哉了。根据模样的一致，我们判定，这只大老鼠一定是那些小老鼠的父亲或者母亲。我当时对此并未在意，最近在报上看到一则奇闻，说是在东北某地，人们挖了老鼠窝，挖走三斗多杂粮，老鼠回来后绕窝转了几圈，哀叫一声，爬上大树，把脖子挂在树杈上，上吊自杀了。我因此想到，这只大老鼠的死，会不会也是自杀的举动呢？

尽管打了一个极漂亮的歼灭战，我家的老鼠却并未绝迹。孩子们发现，还有一只小的。可是，电猫对它不再管用，只好把电猫还给了人家。这只老鼠是经过一番淘汰留存下来的，比死去的任何一只都更狡猾，更难对付。我重复使用了曾经使用过的各种招数，不顶用；又借来一只大黄猫，仍然无济于事。大黄猫只知道吃猪肉、羊肉，只知道睡觉，根本没有逮老鼠的意思。

80 年代的老鼠变了，猫也变了。

这只老鼠真是无孔不入，我把一袋瓜子藏到抽屉里面，它不知怎么也能钻进去。它嗑瓜子的本领比人都强，嗑了个精光，竟至于一个仁仁都不剩。锅里也不能放东西。它还会揭锅盖。

它猖獗极了，我们睡下后，经常在我们身上跳来跳去。我好几次发现，它把屎都拉到我的枕头上了。

情势迫使我常常思索着有关老鼠的事情。我居然生出了奇想，希望老鼠有那么一天不再危害人类，也不再胡乱躲藏，那么，我们就像养鸡养兔一样，把它养起来。

不料妻子听了我的这番奇想，却受到了启发，每天临睡前都往地上扔些食物，为的是让老鼠吃饱肚子，安分一些。

这倒是起了一点儿作用，我们睡了几宿安然觉，但后来又不行了。老鼠该啃木箱的时候，还是啃；该胡乱跳腾的时候，还是胡乱跳腾。它营养良好，精力充沛，其身影从柜顶闪下，使我的小儿子不禁神游万里，口中闯出一句生动的话来："下山了！"

是下山了。但武松拿它毫无办法。我是服了。

不过，好在我们机关修下新宿舍了，我就要搬家了。我只希望搬家的时候，不要连老鼠也搬过去。

我自嘲地想起阮章竞同志在《漳河水》中写下的一节诗来：

天变了！

地变了！

彭祖的夜壶打烂了！

我此时此地的窘境，和诗中描写的二老怪差不多了。呜呼！

火　葫　芦

这儿摇红、那儿溅绿的西安，一进入冬季，就几乎凝作一片灰色了。尽管年轻人执拗地炫耀青春——今天一件天蓝风雪衣，明天一方五彩花头巾——但那炫耀毕竟微弱得很，绝然改变不了色彩的主调，而且全不过只是一闪，却又被灰色淹没了。

刮起西北风的时候，风把细碎的沙尘抛撒在钟楼上，钟楼也几乎要变成灰色的了。而钟楼原本是金碧辉煌的。它的金碧辉煌，现在只能费力地透露出来一点儿意思。

这灰的色彩，使人很自然地想起在这附近出土的无数文物。西安的文物是够多的。11 个王朝在此建都，遍地稀世珍宝。你随便去周围的农家院落走一走，在那院落的猪槽边或牛棚旁，无意中顺手提起一个陶罐，抑或捡起一块瓦片，经专家一鉴定，说不定就是一件文物——人们如是讲。而冬日的一片灰色的西安，本身就像一件其貌不扬的出土文物。

日复一日，上下班走在西安的街上，抬眼望，一派繁华景象：高高悬起的各色衣物在商店门口迎风摆动，双卡收录机奏出朱明瑛等歌星的甜美歌声，羊肉泡馍馆香气四溢，而地摊上呢，还摆着洋芋刮刀、新武侠小说和据说能粘住特大老鼠的老鼠胶。南来北往的汽车、自行车飞驰的洪流中，有时可以看到三轮车小心翼翼而艰难地走过，上面载着刚刚买下的电冰箱或者款式新颖的大立柜。但是，我不想看这些，不爱看这些。在我眼中，这一切也都似乎罩着一层灰的色彩。看着它们，就像看一部老是演不完的艺术拙劣的黑白电影，使人昏昏欲睡。单调、枯燥、乏味。我的心里隐隐生出一种渴望。渴望什么呢？我也说不清。

有天上午我去省政府开会，落雪不久，空气清新，阳光极灿烂。车驶过北大街中段的时候，猛地看见一大团火红的颜色，红得让人精神为之一振的颜色。再一看，是一辆自行车的后面高高挑着一嘟噜红灯笼，灯笼小而繁，足有百十个之多；骑车的是位农民。农民、自行车、红灯笼，完整地构成一只松鼠的形象。那一嘟噜红灯笼，就是松鼠高高翘起的尾巴，鲜艳而肥大；而农民用力蹬车的姿态，则十分传神地显示出松鼠活泼泼的生命。

我不舍离去。我像从寂静的丛林走出来，猛乍乍听见一阵大锣大鼓的震响。我的身心享受到了极大的满足。至此，我才知道我先前的渴望是什么了。

但当我再要看时，那松鼠倏忽一闪，余味无穷地逝去了。

一连几天，只要是走在街上，我总就期待着，但总也见不到那火红的颜色，见不到那松鼠。行人挤挤挨挨。我默默地走着，默默地想着。我想不清那一嘟噜灯笼的色彩何以那么强烈，那么鲜明。它简直是从大地深处蹿出来的火焰。

忽然有一天，我又看见了松鼠，又看到了它那高高翘起的鲜红动人的尾巴；看到的不只是一只，是三四只。接下去，我天天能见到，而且数量日趋增多。看见它们，我的心情总是愉悦的、畅快的。

我意识到，元宵节快要来了。

元宵节张灯，是一种古风。相传，汉代的长安就有这种习俗，到唐代，此风更为隆盛。那时候，或制八十尺高的灯树百枝，或做燃灯五万盏的灯轮，灿烂辉煌，照亮了整个京师。现在，西安花灯的品种十分繁多，有现代风格的，也有古朴典雅表现了强烈的民族、民间色彩的，而后者以东仓巷的羊灯、周家巷的兔灯、李家村的五莲灯、三兆的大花灯、豆腐巷的狮子灯，特别是灞桥的火葫芦最负盛名。灞桥的火葫芦，在一切花灯中占了绝对优势。前面说过的那高高翘起的松鼠尾巴，那一嘟噜红灯笼，就是火葫芦。

我喜欢火葫芦，喜欢由它攒成的松鼠尾巴，喜欢松鼠高翘着它在西安街上东奔西跑。我精神上有这个需要。你看，它红得那么坦诚，那么富有诗意，那么淋漓尽致。

我终于有机会站下来，仔细一睹松鼠的火红尾巴了。原来在自行车的后座上，一左一右绑着两根向后倾斜的很长的竿子，竿子上又绑着许多细枝，细枝上悬挂着火葫芦。火葫芦不只是红色，上下还配着两道绿色的花边。下面还吊着金黄耀眼的穗穗。我沉思起来：绿和黄不但没有冲淡红色，反而使红色显得更加强烈，更加鲜明。看来，制作火葫芦的民间艺人们，是很懂得点儿美学的辩证法的。

我看见干部模样的小两口，领着刚会走路的孩子，给孩子精心挑选了一只火葫芦。孩子急不可耐地抢过它，那睫毛后面的小眸子，一亮，那脸蛋上的小酒窝，一闪，道尽了纯真的欢欣。

临近元宵节的那些天，西安城内城外，大街小巷，或行或站，几乎到处都在闪耀着松鼠的身影，到处都是火葫芦。每一只火葫芦都像一曲欢快的民间吹打乐，宣泄着瀑布般的激情。而在元宵节之夜，千万只火葫芦一齐飞上西安的南城墙，那璀璨壮观景象，实在教人开心。

由于这一层原因，虽然经过一个漫长的冬天，古城柳的初绿、花的新绽，似乎在我的心上再也掀不起什么波澜了。

哦，撩我情思令我舒心的火葫芦！

乡 野 短 笛

飘香的菜园

这个县城的冬天，特别是冬天的傍晚，由于家家户户都在煨炕，街上、城郊，到处都弥漫着单调的柴烟气息。

夏天便不同了，这时候，统摄四野的柴烟气息几乎荡然无存，代之而来的是令人沉醉的气息。这气息是丰富的，多变的，甚至可以说是极其微妙的。

紧贴着县城，是一片又一片菜园，沿着它的田埂朝前走，细细的香气飘游着，悄然打动你的心灵，但你搞不清它是从什么菜上发出来的。你又朝前走，另一种香气如乱蜂般密匝匝袭来，它香得那么浓郁，但你依然不明白它起自何处。你再朝前走，又会闻到非常好闻的呛呛的香气，它使你几近飘然欲仙，但是，你仍旧困惑、惆怅，你仍旧寻觅不出它的确切源头。你只知道：莴笋、刀豆、黄瓜、大蒜、香菜、西红柿、莲花白……都不甘寂寞，都在散发着自己的异香。这，使你忽然生出奇异的遐想了。你仿佛看见了亭台楼阁。你不但闻到香水的味道，还似乎听到一阵又一阵女子们的笑声。你恍若看见舞起的长袖了……

菜园的主人肯定是有着这样的遐想的。不然，他为什么蹲在地边，和西红柿拉起话了？你看，他们拉得多么亲热！

蔓子上的触须

黄瓜、丝瓜、刀豆、葡萄的蔓子上，都长有触须——纤细、嫩绿、近乎透明，又往往卷曲成几个弯。它虽是植物的肢体，却像会思想，又好像长着眼睛，在一片未知的世界中寻觅着什么。

此刻，我的眼前，是一棵丝瓜的触须。

阳光下，它总在窥探方向。当你稍不留意，它就改变了样子，卷成另外一种形状。有时它把脑袋伸得老远老远，身子便在风中摇晃。要是觉察到没有希望，便将脑袋探往别的地方去。

阳光更加明丽的时候，它变幻不定的身姿也愈来愈美。时而像颤动的弹簧，时而如凌空的鞭影；时而像涓涓细流，时而如鸣禽的令人陶醉的啭音——就以这样多变的形象，不知疲倦地活动着。

但它的努力总是落空。有一回，它以为一块僵硬的石头就是前进的坦途，拼命绕将上去，结果伤了自己的身骨。然而它不发一声叹息，又满怀美丽的憧憬，坚定而执著地另觅方向。

我同情它，并在它身边立了一根竿子。

它立即转过身来，向这边移动。触到了竿子，它战栗着，立即缠了上去，紧紧地。

我理解它的心情。我知道它不久便可以牵引着整条蔓子，一圈一圈地爬上顶端，眺望远方。

冬日的春色

冬日的旷野，就没有春色了吗？

不！

天上没云，太阳红红的，挺暖和。山山洼洼，铺着一层积雪，但不厚。西北风恣意乱砍的刀剑也入鞘了。这时候，纵横交错的大路小路，不绝人迹。其中，也有些两三人跟着行走的农妇和娃娃，他们脚步匆匆，胳膊上挎着篮篮。

春色，就在那篮篮里面。

啧啧！紫的茄子，红的西红柿，绿的顶着花儿的黄瓜，还有莲花，还有青蛙和蝈蝈儿，真是春意盎然。

但由于茄子、黄瓜等东西都很小，用时髦语言来说是微型的，才使路人醒悟过来：却原来是用白面制成的！

这些东西都连着一个大圆饼，圆饼下又依次连着两个更大的圆饼，圆饼的周围又都缀着一些纹饰。这叫"曲联"，是蒸出来的。

送"曲联"的农妇和娃娃，一天可以遇见好多。

"曲联"，给寂寥的冬日的旷野，增添了多少春色！

"曲联"多是送给过满月的婴儿的。最美的春色，是婴儿的笑容。

这样的诗意

一条贴在山上的公路，先是怯怯地迂回，东绕西拐，然后鼓足了勇气，照直冲下，无声无响地落在山底；就在那一落的时候，却又倏地转个直角，一往无前地朝城里跑去了。公路上的车辆，全都跟着公路变换它们的神气。

现在，就从转直角的地方朝上看吧，很有诗意，很能给人以美感。汽车、拖拉机、摩托车、自行车，有的单走，有的并行，接二连三，一溜一串，一辆比一辆快，一辆比一辆跑得痛畅。飞着，流着，激溅着，像从天上下来，像瀑布一样倾泻。这情景，是颇有气势，颇为壮观的。

但落在山底，要转直角了，车辆却不像公路那么来得惬意。它们常常就和城里来的车辆相撞了。

有一天，我看见那儿围一堆人，再看，一辆自行车的前轮扭成了麻花，地上滚了个筐子，鸡蛋成了黄汲汲的一摊。旁边坐着小伙子，灰溜溜的，一手碰破了，腿也跌伤了。

还好，没出人命。

但他是侥幸的。每年在这儿撞出花红脑浆的，何止三个五个！看来，不是凡有诗意的地方，都是值得赞美的。有时候，诗意中就隐藏着触目惊心的不幸。

——君切记！

草色遍野

一踏上延安的山路，看见路上羊蹄蹄敲打下的白痕，嗅着青草和羊粪蛋蛋的气息，就感到无比地亲切了。想儿时，一双不愿受束缚不肯穿鞋子的小脚片儿，曾经踩在这样的路上，踩在这样的路上东瞅西瞅，羊羔羔似的，想着怎么能够趁八路军不注意，偷吃一颗他们种下的西红柿。想羊羔羔渐长，学过了"X＋Y"，也是在这样的路上，与同学们一起，缅怀着伟人立下的不朽功业，指点江山、激扬文字，一个个立志此生不成龙则变虎。也袒露心灵最隐秘的一角。印象最深的是，一名苦钻古典文学的同学，心里却充满了天真和幻想，他说整个延中的姑娘他没有一个能看下的。那么，哪儿的姑娘他才中意呢？北京？杭州？"不！"他说，"苏联！"今日我来，又走在这样的路上，想起桩桩往事，怎能不暗自微笑？但往事如烟，今日的我已不是昨日的我了。没有了儿时的天真，没有了青年时代的壮志。廉颇老矣，羊儿老矣，羊儿备尝世事的艰辛，黑毛落上了白霜，白霜冰冷着抑郁的思绪，脑子里经常乱哄哄的，今日走来，已经甚感气力的不足了。然而，这脚下亲切的山路，还是使我的心湖澄澈了许多。好了，且让我尽情享受这延安山野间母亲般的温馨吧。

山路两边，崖上洼里，槐花开了，丁香花开了，山丹丹花开了。就连叶片很小、满枝是刺的灌木狼牙刺，记忆中经常用它烧火，好像是不开花的，却也开了那么美丽的花儿：半白半蓝，白白蓝蓝，蓝蓝白白，像我儿时常见的一种民间织染的花布。一群黑白间杂的羊儿，自由自在地啃嚼着茂盛的青草，而拦羊老汉由着它们的性儿，不理、不管，只顾自己舒展地躺在地畔，轻声哼唱着古老的民歌。几个背着柴火的后生从山梁下来，看样子，心头一时兴起，亟欲宣泄，便随地放下柴捆子，捡了土疙瘩朝沟里乱扔，一边还呜儿喊叫。哦，这种种亲切的情景，把我的心儿引入哪一片艺术境界中去了？是古元的木刻？是李季、贺敬之的诗歌？抑或，是丁玲的小说散文？李季和丁玲已经长眠于地下了，但古元和贺敬之还在。还在，他们就会一遍一遍地回来，一遍一遍地"手抓黄土我不放"，一遍一遍地把黄土"紧紧地贴在心窝上"。对家乡延安情深如我，却远远比不上他们。我毕竟是当年的羊羔羔，是后来人了，没有在那个时代开荒纺线，没有把青春搅在那个开辟新世界的浪涛之中。我心中的延安，家乡的成分多些，革命的成分少些。他们则不同，因而他们的心中能喷出那么深厚的真情。几十年间，我常以感激的心情怀想着他们，一如怀想着也曾在延安留下瑰丽诗篇的杜甫和范仲淹。由于他们的艺术创造，使我的家乡干巴巴的土地上，增添了一层灵动的无穷的魅力。而我，延安母亲土生土长的儿子，既然涂鸦日久，怎能不更加发奋，也给家乡的艺术花环上，增添几滴红艳和馨香呢？

延安的淳朴憨厚的老百姓，对"公家人"实在是太好了，有一种特殊的爱心。我不论走到哪个村庄，不论路过谁家，他们看见，就是一脸笑容，就忙喊"快回来""吃了饭再走"。好亲切的笑容，好亲切的喊声啊！仿佛我就是他们家的人，仿佛我就是他们的至亲骨肉，仿佛我就是他们家孩子的舅舅或者姑父。"草色呐喊连绵的鲜碧"，迎羊儿回来，迎我回来。大概由于离开家乡好多年了，对这样的热情，我很有点诚惶诚恐，而延安当地干部却显然习以为常，处之泰然。甚至，他们到了老百姓家里也竟像回到自己家一样地随便和理直气壮。领我访问的小高同志就是这样。我们走进一户人家的窑洞，主人是位年轻的妇女，她的丈夫在乡政府工作，不在家，身边有个孩子。聊了一会儿，小高同志说："给我们做点饭！"那口气，那神态，俨然像她的丈夫。我大为诧异，很怕得到的是一种难堪，便忐忑不安地观察女主人的反应。不料女主人却说："你看我这个死人，连你们吃饭没吃都忘了问了！"她慌忙放下手中正纳着的鞋底，又烙饼子，又熬米汤，让我们吃得很香，还抱歉地说："那碟酸菜你们吃得惯不？叫你们受屈了。要是早知道你们来，我瞎好也得准备一下，上街买上几棵鲜菜。"哦，快不要说了！我肚子早已装得满当当的了，怎么还能盛下你这么多的情意！自然，我这也是一片真心。多年来在外面学下的虚假和客套，实在抵挡不住你的真挚，几乎在你放下鞋底的时候，就完全崩溃了。你使我想起了你的也是我的先辈。他们当年就是这么对待"公家人"的。在他们心中，"公家人"意味着什么？先锋，楷模，全心全意地为人民服务。他们对"公家人"一往情深，不但捧出好吃好喝的，而且不惜以鲜血和生命加以保护。当年形成的鱼水之情，浅白地说，是惯了，一直延续到今天。难怪无数老革命，一回到延安，就感到十分温暖，而其中一些人一旦身处逆境，更是急切切地想回一回延安。当年的羊羔羔呢？我们这一辈呢？我们这一辈没受过延安老百姓的恩泽吗？不！每当想起这些，我们怎能不像那些老革命一样，对延安的老百姓，产生一种深深的爱戴和感激之情？

山路漫漫，路漫漫其修远兮，在我的脚下延伸、延伸。向南几百里，是轩辕黄帝的陵寝；向北几百里，是李自成的生身热土，是成吉思汗纵马飞驰又折戟荒沙的地方。南北之间，便是这宝塔高耸的延安，便是毛泽东的延安，便是革命圣地延安。一代伟人选延安作革命大本营，实在是选对了。我们古老的自强不息的民族精神，弥漫在这片土地上，如此浓重。那是云雾一样飘浮的可燃气体。火种一旦触上了它，便是千里雷声万里闪，便是天翻地覆。好像是很轻松了，不，那火种也来之不易。曾经踏破了铁鞋，曾经拍遍了栏杆。那是马克思主义的圣火。我们找了五千年才找上了。因为有了这火，伟人便自豪地吟诵了："俱往矣，数风流人物，还看今朝！"今朝的风流人物又数哪里呢？伟人没说，但民歌却透露出这片长着五谷子、田苗子的土地的自豪，连一十三省的女孩也要数延安的蓝花花好哇！其实伟人在另外的文字中也说出了他的厚爱，他说延安的老百姓对革命是有巨大贡献的。延安老百姓是在血与火的考验中，充分显示了他们的风流的极致的。一个小小的延安，一些数得见的老百姓，在解放战争中"支前"所投入的民工人次，与整个陕北解放军的人数相比，硬是翻了好几十番！如果说这还有些抽象的话，那么，我这回在山路边听到的故事，却不能不使人受到震撼。那故事说的是七只羊。真的是一个老人说的，绝不是因为我这个当年的羊羔羔，为了文章的所谓前后照应而瞎编。老人说，那会儿战争打得紧，前线等着军粮，村里就男女老少一齐动员，大小牲口，一鞭子吆上，背、驮、运输。风雨无阻，没明没黑。挣断骨头不叫苦。可是尽管这样，还是赶不上军队的需要，有人就出了主意，让各户仅有的七只羊，也奋蹄上阵。哦，羊！上天生它，本来是让它给这世界提供肉和皮毛，除此而外，便没有它的任何义务，只让它尽情地享受清福，尽情地品尝水草的香甜，尽情地沐浴明丽的阳光，尽情地呼吸新鲜的空气，尽情地唱它的"咩咩"的通俗歌曲。开天辟地到如今，羊的老祖先可以作证，辈辈羊儿都可以作证，它们从来没有驮粮的本事。让它们驮粮，就像赶着鸭子上架一样。然而，为了夺得战争的胜利，人们还是狠着心让它们这样干了。可怜这些羊了！它们举步维艰，它们趔趔趄趄。它们浑身腾着汗气血气。它们走几步便望望主人，发出痛苦的声音。几天驮下来，每只羊的脊背都是血肉模糊，惨不忍睹。末了，乡亲们把这些羊送到野战医院，想让伤员们补补身体。可是羊宰了，伤员们却不吃，因为他们看见，那剥下的羊皮，一张一张都是驮粮磨下的窟窿！他们不忍心再吃这些羊肉了！老人说得眼泪汪汪的。老人本来想通过这七只羊的故事，让我从一个侧面了解延安老百姓当年的壮烈风貌，而我觉得，我延安的父老乡亲，那时候，就是那七只羊啊！他们曾经为革命忍受过多么巨大的磨难，付出过多么惨痛的牺牲啊！他们当然不是那七只羊：羊儿是被动的，甚至还发出乞求怜悯的哀号；他们则是主动的、自觉的，被时代召唤到他们本来干不了的战争上，觉悟在胸，义无反顾。他们当然是那七只羊：像羊儿一样，一直坚持到最后，死了也把躯体献给革命。怎能不是羊呢？这片土地上的民歌早就唱过："羊群走路靠头羊。"这是个起兴句子。那么，下边一句呢？"陕北起了共产党！"共产党是头羊，他们是羊群，是靠着共产党指引前进的方向的。头羊伟大、光荣、正确，羊群跟着走，走得坚定、豪迈、充满信心。而这片土地呢？虽然贫瘠却不乏好草，既养肥了头羊，也养肥了羊群。反动派眼急了，因而发动了那场战争。

　　我是当年的羊羔羔，现在不只长大了——已经说过——而且有些老了。不过毕竟还不是廉颇，还没有到"尚能饭否"的时候。岁月的风雨，不曾剥蚀完我的记忆，而今天，在这山路上，即使是已经剥蚀掉的那些，又奇迹般地得到了复原。哦，那是既遥远又切近的情景。羊羔羔吃奶双膝膝跪，羊羔羔吃奶脸贴着娘，羊羔羔吃奶娘喜欢。我知道，我曾经吸吮着的，是沾着青草气味的带血的奶头。也许就是那七只羊的奶头。哺育过我的先辈，以他们惊天地、泣鬼神的大气磅礴的精神，辉煌了整个一个时代。摔倒在地上的中国近代史，由于他们的奋斗和牺牲，终于续写出了站起来了的骄傲篇章。我的先辈是伟大的。有时候我晕头转向，老夫聊发少年狂，觉得自己能写点文章，也是蛮伟大的，但事实恐怕并非如此，连老妻都说她还没有看将出来。我曾在杨家岭的大门边栽了一棵洋槐树，几年过去，洋槐树长得高大挺拔，枝叶婆娑，心想这洋槐树长在伟人住过的地方，便可以和伟人的故居一起永存了，但不料那年再去看时，早已没了影踪。我想我的文章也是我栽下的洋槐树，虽然写了伟大的先辈，却不能因此而得到长青。文如其人，其人还没有大写出自己。五谷里数不过豌豆圆，人里头数不过我平凡！庄稼里数不过糜子光，平凡不过刘成章！我知道，在老一辈的羊群面前，我只能自惭形秽。我即使忘却自我，意气风发地全力奉献，奉献出自己所有的、全部的肉和皮毛，也很难抵上他们的万一。而现在，首要的是，我不能郁郁寡欢，不合群。虽然在外面生活了那么些年，然而，卧在黄土地上我不应该嫌脏，见了青草我应该有很好的食欲。我虽然气力不行了，但也应该振作精神，跟上踏青的队伍，并以自己发痒的嗓子，唱一曲跟上时代节拍的"西北风"。绝不能让人家指着脊梁说："那是一只乏羊"。我想我儿时的伙伴、中学的同学，也都会是这样。我想当年的羊羔羔繁衍下的又一代羊羔羔，也都会是这样。我有三个可爱的羔羔。老大的雄心胜过我的当年，到大洋彼岸吃草去了。为了吃草，羔羔不得不洗碟子，端菜盘，相当辛苦。他说，他曾在电视荧屏上看到延安，那一刻，他哭了。他说，他想延安。

甘谷驿小记

羊蹄蹄敲打的韵里，陕北，甘谷驿油田，遍地采油机像磕头一样，一起一磕。采油机，像庄户人心目中的孝子，淳朴而虔诚，不住地磕头。哦，该是一个超级家族在举行古老的盛典吧，场面宏大，孝子众多。它们磕头，在川道、在山畔、在庄稼地，甚至在小酒铺的门前，在许多不被人注意的角落。夜晚人们都睡了，鸟睡了，兽也睡了，可是采油机不睡，仍然在磕头。从外地来的我对这景观感到新奇而有趣，庄户人却早已看惯了，熟视无睹，只顾走自己的路，挑自己的水，干自己的农活。

整个油田是一派繁忙景象。采油机工作不住，雪白的泵油车，灰黑的通井车，在凹凸不平不像路的路上，一辆一辆颠来，一辆一辆簸去，而笛鸣连声的油罐车，高高耸着粗胖的油罐，在公路上旋起阵阵疾风。一位满身油污的姑娘汗水涔涔，喊叫着，招手挡车。油罐车停下来。车门开处，跳下来的是正当盛年的矿长。几句简短叙说，矿长与姑娘立时跳上一辆反向而驶的卡车，呼的一声响，眨眼没了踪影。

本是花草未萌、山山洼洼一片褐黄的季节，可是进了拐沟，我惊诧地看见，那些村庄，全都罩着色彩斑斓的花串。狠狠挤了挤眼睛，哪是花串，是一些像激光一样的五颜六色的光束，颤动着，横射竖织。我恍若走进剧院，眼前是一个大幕刚刚拉开的舞台，舞台上闪着炫人眼目的奇光异彩。将要演《丝路花雨》？将有著名歌星从掌声中走出来？

近了，原来是一些指头粗的塑料管，红的、黄的、蓝的，白的、绿的、紫的，有的横在空中，有的贴着坡洼，一条一条，都通向山畔上高高低低的农家院落。

我搞不清这些塑料管是作什么用的。我宁愿让它蒙骗我，使我以为它是彩虹，而且一点儿也不怀疑。那么，眼前是被一道道彩虹网着的村庄。

我久久伫立，想象应有祥云飘来，有衣袂飘来，有仙女飘来，却不料面前出现一位面目极其丑陋的老汉。这老汉歪戴个军帽，鼻子上是块块红斑，眼睑脏兮兮的，还少了两颗门牙。问他塑料管的事情，才知道是引天然气的。这儿都用天然气烧饭。还要再问时，他似乎有什么急事，再不搭理，兀自扬长而去。

我找上了隐在背处的采油机。几条塑料管果然连着井口，是随便用麻绳绑在机件上的。对塑料管另一头的情形，我急于去看看，看农户们怎么用它烧饭。

明媚的阳光下，做针线活儿的婆姨女子们坐在一起，一只狗娃卧在她们身边。这是一些使男人们永远不愿离开的妇女，大都俊气水灵，有的即使成了半老婆子，仍然风韵犹存。听了来意，她们连说："好，好，你看看！"一位精干的、嘴唇薄薄的婆姨，立即放下针线，领我前去。门前，红色的塑料管乱盘下一堆，头头上安着铁管子。她拿起铁管子，我跟着，塑料管像蛇一样蜿蜒尾随。进了前窑，又通过个拐洞，进了后窑，来到锅台跟前。铁管子往炉膛一塞，划了根火柴，火焰就熊熊地燃烧起来了。那火势，比城市里用的液化气灶，起码大出了两三倍。

返回硷畔，她们搬来个小凳，让我坐下。看我兴趣颇浓，她们介绍说，这儿用气，一个钱都不用花，而且用多少有多少；火一烧起，前锅滚后锅开，七八个人的饭眨眼就做好了；不用的时候则将气管扔到门外，让它随风飘散。

过了一会儿，走来一位年龄不大的后生，穿着一身蓝色的棉制服，大伙说他是个新女婿。他忙向我递烟，我瞥见，他的衣袋竟装着两盒烟，都是带过滤嘴的。望着他未脱孩子气的模样，我笑说："把你的新媳妇领来让我看看，行不行？"他道："行嘛！"显得稚嫩中又有几分老练。可是他并不行动，婆姨女子们则一下子活跃起来，向着上硷扯着嗓子呼叫。叫了一阵不见新媳妇出来，薄嘴唇婆姨让一名小女女去叫，小女女立即跑向上硷。不一会儿，小女女拽着花枝招展的新媳妇出现了，可是新媳妇向我们望了一眼，一闪，又从小女女手中挣脱，跑回家去。

正笑着，忽见硷畔下的大路上，走来两位矿上的人，一位老汉跟着，边走边嚷。那正是我曾见过的那位面目丑陋的老汉。从他的嚷叫声中，我听出了一些眉目：矿上的车压垮了他家的地畔，他要求赔偿，赔偿300元。矿上的人连声不迭地道歉，但认为不应该赔那么多，于是他越嚷越凶。

"哼！又想坑国家哩！"薄嘴唇婆姨愤愤地说。

别的妇女也纷纷发表看法，都说这老汉太不像话了；都说自从打出油井，大家都烧气，一年要省多少柴炭钱，该记住人家矿上的好处；都说也可以叫赔点儿损失，可是，总不能那么狠心哪！

春 在 此

春亦好诗书,来我键盘中。

春欲上电脑的屏幕,我以敲击的键盘,以汉字的方块,为它垒出台阶。

我敲出的是春天的文字,我敲出的是绿了红了的文字,是五彩缤纷鸟儿来了的文字;燕子来了掠过春的眉睫,我的眉睫,也掠过我的键盘。春在此!春和我一起敲着键盘。我的键盘上春风阵阵,花红柳绿,泛着迷人的春的味道。

我的键盘就像春天的菜园,每个键就像一畦菜蔬,有春韭,有菠菜,也有青椒、茄子、西红柿。而键盘上纵横成网的渠道里,有水的波浪的翻滚。渠岸上有树开花,有草开花。

花红柳绿春来啦,遍野青翠,遍野希望,遍野诗。

这时候,我的键盘就应该是钢琴的键盘了,是钢琴演奏家郎朗的键盘。你看它凹,复,凹,复,音符此起彼伏,弹出的是艺术的旋律,弹出的是审美的节拍。我的键盘也是春天的键盘,是春天畅想的键盘。我不断按着键盘,它凹,复,凹,复,起起伏伏,我弹出的是对春天的憧憬和赞美。

春在此!我和春天在一起。我眼看着春,看着我的键盘。键盘上是春风杨柳,燕子飞絮,嫩草新花。

浅　春

　　春深了的时候，满眼是绿、绿、绿，满眼是墨绿，满眼是雷霆也炸不碎的绿；今天如此，明天如此，后天亦复如此；万物都是踌躇满志的样子，万物都似乎懒得再动一动了。那，有什么好呢？

　　眼前可好，是浅春。

　　这浅春，猛一看去，山是灰黄的一片，树是灰黄的一片，仿佛要使人失望了；可是细瞅那山的坡塄上，树的枝丫间，也有绿：初起的绿，惊醒的绿，跃动的绿。这绿虽然不多，却给人十分有力的点化。仿佛到处都闪烁着一些什么信息，仿佛到处都包藏着一些什么暗示。它使你不能不像孩子一样，想跑，想跳，想探明一些什么奥秘。而当你甩开胳膊迈开腿的时候，你浑身的每个关节，好像都在情不自禁地歌唱了。

　　起风了，你向前走去；下雨了，你照样儿向前走去。因为你知道：那初起的绿，惊醒的绿，跃动的绿，风雨，是抹不掉的；它们只会在风雨中健壮起来，繁衍开去。

　　看看这片风雨中的草坪吧！一簇一簇细长的枯叶，仍然长在地上，像拖把上的烂布条条一样，厚厚地堆了一层。连雨珠儿的晶莹装饰也不能使它变得稍许好看一些；而就在这枯叶的缝隙，像阳光射穿僵死的云层，像琴声飞出残破的窗口，一支支鲜活而刚劲的绿芽，于腐朽间，于疮痍中，冲出来了！蹿出来了！拼着搏着站起来了！枯叶就像是一片废墟，而绿芽就像蓦然矗起的幢幢高楼；枯叶就像是一片荒漠，而绿芽就像是直指云天的枚枚火箭。这情景，立时给人一种十分强烈的新生的感觉，崛起的感觉，不可抗拒的感觉。

夜里，真冷。你不能不生起炉子，蜷缩到被窝里去，连胳膊也盖得严严实实。你不由想起古人"乍暖还寒时候"的词句，对我们祖先的绝妙概括发出由衷的赞叹。第二天早晨出门一看，嗬呀！地上竟铺着霜了！一些绿芽也被冻成蔫溜溜的样子了！

可是，忧伤的情绪还来不及散开的时候，强占你心头的，却又是一片喜悦。在暖洋洋的太阳光中，那些被冻蔫了的绿芽，又都恢复了充沛的生气。而且，就在山崖下那蓬荆棘丛中，出现了更加令人鼓舞的新意——开了几朵金灿灿的蒲公英的花儿。在那儿，闪耀着多么鲜亮的奋斗者的欢欣！

这时候，你的心上生出了什么样的欲望？你难道不想让蓬勃向上的精神注满你的周身，去探索，去创造，去促使这时代像浅春一样，变幻出愈来愈美的色彩吗？

铺着丰腴脂膏的土地

　　油菜有的已经装上架子车，准备运走，有的正在收割，大片的麦田中便增加着和扩展着一条条巷道；而麦田本身，由于棵棵禾株穗大粒饱，不少地方倒伏下一片一片，而且都是旋着的模样，像大河中的旋涡，给人一种强劲的动感、力感。整个田野显得无比富饶，无比丰腴，有如勃动着一层厚厚的脂膏。

　　一种叫不上名字的小鸟，看见的只是一个小点儿，蓦然在空中一绕，蓦然又钻入麦丛。它的叫声像急促地咋舌，像急促地敲击着什么东西，像秦腔打击乐中的一种响声。当再次从麦丛中飞出的时候，腹下便仿佛沾着一些脂膏了，如刚从油茶中挑起的一只小勺儿，底下是一些滴滴答答的汁液。从甘肃开来的解放牌汽车，满载着身背草帽手持镰刀的麦客，一辆一辆地从这儿驶过，要开到关中的东部去。那儿麦子成熟得早，据说马上就要开镰了。但其中一辆恍若被大地上厚厚的脂膏粘住了，再也跑不动了。风尘仆仆的麦客们跳下车来，放肆地骂着，说今晚就他娘的在这儿过夜吧。但有的心儿，却早已被这脂膏腻得迷迷糊糊的，不想再向东去，说是就在这儿等几天吧；这儿，不愁使不尽咱的力气！

　　麦客们的脸，麦客们的身影，麦客们手中的镰刀，都辉煌得像一曲激荡人心、令山河振奋的交响乐。那是因为夕阳在远远的西山照耀。

夕阳大而圆，它的光芒是贴着厚厚的脂膏平射过来的，也许由于粘糊糊的脂膏的阻绊，那光芒显得软散而无力。想来，夕阳应是成熟了的太阳，如成熟了的大地一样，它也要变成一团脂膏了。

可不是嘛，转眼间，挨上山脊的夕阳底部就果真酥软了、融化了，溶溶地动；而山脊也跟着酥软了、融化了，也溶溶地动。它们之间没有了界线，变成一片灿烂的稀释了的脂膏。又一个转眼间——这回真正是转眼间啦，恐怕只有一秒钟时间——那夕阳便会一颤悠，忽地流下去了，滴下去了。山脊出奇地干净、宁静，不留一丝痕迹和声响。

但暮霭接着弥漫开了，先是迷迷离离的，继而渐渐浓重、浓重，最后也似乎凝作一天望不透边际的脂膏，把山河，把房舍，把人，统统包容进去了。

这时候，仿佛只要一个火星儿，就会使塞满了脂膏的整个天地燃烧起来。连意念都会燃烧得吱吱作响。歌声也会成为一撮灰烬。于是，一些小伙子果断地推开媳妇们绵润的手臂，连夜走到地边、场头，以皮影戏似的朴拙动作，涂下了许多"严禁烟火"的醒目标语……

临潼的光环

我想象着，眼前坐在餐桌边的这位小伙子，是梁生宝的儿子。柳青死得太早，来不及写他。他的白色的确良衫子包裹着的健壮体魄，辐射出像他父亲一样朴实、倔强的英气。

但他不是只买了一碗五分钱的汤面，不是又喝了两碗不花钱的面汤。他吃的是大碗羊肉泡馍，还买了一听"健力宝"，一瓶啤酒。啤酒不用说了，那"健力宝"电视广告经常鼓吹着它的须仰视才见的档次——第六届全国运动会专用饮料。他比他父亲气派多了。但有一样是相同的：都打着饱嗝，都吃得十分满足。离开饭店的时候，他的像他父亲一样的庄稼人的动作方式也是显而易见的：把没有喝完的半瓶啤酒，仔细地盖好盖子，小心翼翼地装进黑色的人造革挎包。

但历史不曾重复。这儿不是渭河上游的郭县，他也不是来买稻种的。

眼前，一辆一辆的轿车，大的、小的，黑的、蓝的，米黄的、银灰的，国产的、进口的，像闪电一般来往闪耀，动人心弦。车子停下来的时候，中国人走出来，外国人走出来，海外侨胞走出来，而多数是穿红戴绿、五光十色，使周遭景物一亮一亮的外国人和海外侨胞。

啊，物华天宝的临潼啊，威武壮观的兵马俑啊，数不尽、看不够的稀世珍宝哇，你们，愉快了、感奋了、豪爽了多少中外游人！

转眼看时，梁生宝的儿子已加入到出售民间工艺品的农民的行列里了。这些农民，以妇女居多，中青年以至少年都有，因而衣饰比较鲜艳。而更鲜艳的，是她们红润的脸蛋儿了。但她们的脸蛋儿，又比不上杆上挂的、手中晃的、琳琅满目的工艺品呢。工艺品花样真多，真是要云有云，要霞有霞。生宝的儿子卖的是五寸大小的秦俑复制品、青蛙枕，还有马甲。马甲是各种颜色的小布片拼缝起来的，以红为主，色调热烈，上边还绣着精细的花儿，有的还缀着五毒如蛇、蝎、蚰蜒之类的香包，别名又叫"百衲衣""五毒背心"。还有人戏称它为"西安夹克"。这物件，倍受外宾喜爱。常见一些外宾穿着它，与当今世界流行色、流行款式的裤子配在一起，与旅游鞋配在一起，美滋滋地招摇过市。

不协调吗？正是这不协调，才使这世界变得有滋有味，美丽无比。

梁生宝儿子出售的工艺品，有他母亲缝绣的吗？他母亲是徐改霞吗？不得而知。

当外宾走来时，他们，这些卖工艺品的人们——庄稼人的女士们、小姐们、先生们，顿时活跃起来，炫耀着各色工艺品，敞开平日吆牛赶猪的嗓子，"哈啰哈啰"的英语声不绝于耳，一如蜜蜂的嗡嗡，溪水的叮咚。

而太阳好像有意为此投来光环，让这"哈啰哈啰"的声音，闪着光，溢着彩，如落英缤纷，幻化出乐曲一般的韵律，荡漾在没有杂音的晴空。

沐浴着韵律美的游人，一时惊讶得不能自已，呼喊起来：

"啊！陕西的农民会说英语呀！"

说陕西农民会说英语，未免有点儿夸大其词，与实际不符，但这里的农民，确实学会了一些英语单词，可以和外宾交流一些简单的思想，适应了出售工艺品的需要。当然，由于没有进过专业学校，大部分农民说的英语还是相当蹩脚的。有的掌握单词不够，说的时候，只得土洋结合，英汉夹杂，因而使这里常常充溢着一些幽默气氛。

请听——

"哈啰！你盯（"盯"字被发作"斤"音）what a frog 枕头（这青蛙枕枕多好），燎扎了！"

"Is this made by yourself（这是你自己做的吗）？"

"No（不是）。是娃他妈，我婆娘……Oh,mywife（噢，我夫人）！"

"How much is it（多少钱一个）？"

"It's cheap enough（便宜着哩），老哥！Five yuan（五块钱）！不到一只老母鸡的价钱！"

"All right,take it（好，来一个吧）。"

"OK（好的）。"

这农民身上的不协调，犹如穿着五毒背心的外宾一样，给生活增了光彩，给人生添了美质，使人感到新鲜，感到有趣。世界，一刹那变得多么富于魅力！

也有些令人着急的场面。外宾说几句，农民也说几句，都以为对方懂了，而双方都没有懂。末了，都恍然大悟，脸上都绽开内涵十分丰富的笑容……

我想，研究喜剧美学的人们，如果有空儿，真应该到这儿来看看。

生活中遇到一些忧烦的人们，也应该来这儿看看。这儿有打开你紧锁着的眉头的钥匙。

如前所述，大多数农民的英语水平是极其有限的。不过，对那个梁生宝的儿子，却须刮目相看。他妹妹正上高中，英语又学得好，他就下功夫跟着妹妹学。他还读过一期业余英语学习班。他拿出他父亲梁生宝当年带着有万他们进南山的劲头，刻苦攻读。拨开荆棘，拨开杜梨丛，一个英语单词就是一根竹子，一刀砍去便是一个竹槎子。现在，他已学得很可以了，能和外宾比较顺利地对话了。周围农民遇到语言障碍时，常常要请他帮忙。他真有点鹤立鸡群的味道。

但不能说这儿只有他一只鹤，别人都是鸡了。不是的。与他的英语水平不差上下的农民，其中包括妇女，这儿还有几个呢。

这儿的农民中，也出现了几个不争气的人。说他们不争气，不是因为他们说不好英语，他们人品欠佳。为了几个钱，他们纠缠外宾，强售他们不怎么赢人的货色。他们有失我们民族的尊严。可喜的是，我看见，不多一会儿，他们就被市管会的人员领走了。卖工艺品的妇女们嗓音清脆：

"好！让他们受受教育！"

滤过的空气，到处是那么清新。绿叶上的露珠闪闪欲滴。秦俑自豪地高昂着头颅。游人往来，车辆穿梭。临潼，就像她盛产的裂开了嘴的石榴一样，颗颗籽粒闪烁着红光！

我实在忘不了这一情景——

一天，天蓝得像缎子一样，又飘着几丝白云，太阳很亮很红。在一棵枝叶浓密的柿树近旁，一块光幽幽的大青石上，坐着俩人。一位是梁生宝的儿子，一位是美国老太太。美国老太太满头卷曲的银发，袒着胸，戴着闪光的项链，衣着华丽，手里拿着一件"西安夹克"，正往自己的身上比试。不知小伙子咕噜了一句什么英语，他们两人一齐放声畅笑起来。他俩接下来又具体说了些什么，仍然不知道。但后来听说，那老太太是美国一个什么博物馆的馆长，她想订购一批陕西民间工艺品。小伙子喜出望外地答应了，只是为了保证质量，希望宽限交货的时间。他们的姿态那么随性，他们谈得那么倾心。阳光编织成大而多彩的光环，又被阳光的金针所挑动，战栗着、旋转着、散射着一根根、一缕缕不知是光是影还是气的东西，使街、使树、使人，都变得绚烂而朦胧了。小伙子面前，恍若坐着一位本地蛤蟆滩村的大婶；美国老太太面前，恍若坐着一位加利福尼亚的汽车司机。在这里，肤色和肤色，感情和感情，心和心，交融得就像一首美丽的诗，一个迷人的童话。

这情景，梁三老汉未曾料到，梁生宝也未曾料到。改革和开放，给中华大地带来多么巨大的变化呀！

我正呆看着，忽听传来一位年轻妇女的声音：

"李年——"

她高挑个儿，穿着一件蓝底白花的衫子，推着自行车立在路边。与美国老太太谈得正热的小伙子，应了声，又把她叫了去，介绍给美国老太太。

怎么？小伙子姓李？叫李年？他不是梁生宝的儿子吗？

此文开头第一句便说了，说他是梁生宝的儿子，只是笔者的想象。李年说，他倒也读过《创业史》，挺喜欢书里的许多人物。他还说，他承包了一个民间工艺品生产小组，有 20 几名组员，这几天不生产，都停下来专门学英语呢。

鞋　　垫

　　我从刚学会走路到迈步在大学的林荫道上，脚上的鞋，悉为母亲一针一线所做。其间我总共穿破过多少双鞋？回答起来，恐怕比回答一座房顶上到底有多少片瓦还难以说清。只记得母亲似乎常年都在为我纳鞋。母亲纳鞋十分用心，每纳一会儿总要抬起手来，把针在头发间蹭一蹭。

　　我幼小时，母亲长了一头好头发，每当她洗头时，满脸盆里就好像滚动着浓黑的乌云，那乌云直往盆外溢流。可是有一天我忽然发现，就在这一蹭一蹭之中，母亲洗头时头发再也装不满脸盆了。

　　参加工作之后，我有钱买鞋了，布鞋、皮鞋、胶底鞋，随烂随买，再也不用母亲为我纳鞋了。可是母亲又想起给我纳鞋垫。我是汗脚，袜子常是潮乎乎的，有了鞋垫后，感觉舒服多了。母亲看我喜欢，就不断给我纳了起来。几年下来，尽管她给我纳的鞋垫已经穿不了了，可她总是不忘每年都要给我纳上好几双。她给我纳的鞋垫从来不扎花绣叶，就像她那颗心一样天然、本色、朴素。准备纳鞋垫时，母亲先是翻箱倒柜地搜腾碎布，一块块洗净、熨平，然后打浆糊，抿袼褙，再以后拿起剪刀，细心地剪成雏形。纳鞋垫时，她仍然是当年给我纳鞋的样子，每纳一会儿总要抬起手来，把针在头发间蹭一蹭，只是，我心酸地看见她的原本极有光泽的头发，日渐干枯了，灰暗了。

几十年过去，母亲背驼了（后来明白，是因为骨质疏松），并且有了冠心病，身体大不如前，可是我的鞋垫却有增无减，因为母亲过些天还是总要给我纳上一双。我拿出积攒下的鞋垫恳求她："妈！你看这鞋垫还有这么多哩，你快别纳了！"可是她不听，她含笑说："反正我闲着没事。"那时候我已戴上老花镜，可是母亲的眼睛出奇地好，她从来不借助任何眼镜，针脚却纳得横是横竖是竖，整齐、匀称而细密，只是纫针要别人帮助一下。现在我想，她的那未随年事而有大的减损的好视力，肯定是凭借着一种神奇的精神潜能而维系下来的。她是力图多呵护我几年。在她眼里，我永远是个孩子呀！

母亲晚年的时候，遭遇了一场极大的不幸，摔了一跤，髋部骨折。根本原因是骨质疏松。那时她所忍受的痛苦，是常人绝对难以想象的。后来虽然做了手术，骨头算是接起来了，但是她从此再也不能行走了。这时，只是这时，她身上终于有了歇下来的部分，那是腿；但是她却加紧了手中的针线活，一双手更加忙碌起来。其时她住在我的小家，我的几个儿女的针线活，全被她包了；但与此同时，给我纳鞋垫的事情，她还总是念念不忘。有那么一些日子，只见她白天纳，晚上纳，在她床头上，几乎每天都有新纳成的鞋垫出现。我劝她劝不下，便想，老人家一生劳碌惯了，让她闲着坐在那里，她也许会不舒服的，遂任她去纳——当时想得就是这么简单，再没有想到别的任何什么。我后来有一天忽而恍然大悟：我好愚钝哪！当时的实情应该是，母亲知道自己来日无多，大限将至，便想争分夺秒地给我尽量多地留下一些鞋垫。于是我便想起中唐诗人孟郊写母爱的千古名句了："临行密密缝"。而在我们母子之间，当时临行的并不是我，而是母亲！是的，那时母亲将要走了，将要离开这个世界而一去不归，但她多么淡定而从容！她纳呀纳呀，她仍然保持着过往数十年间的习惯动作，每纳一会儿总要抬起手来，把针在头发间蹭一蹭，只是，这时候她的头发不但全白了，而且没几根了，就像

117

冬天的残阳照着的昏黄的原野上，一些荒草在西北风里顽强地摇曳。

母亲是 1998 年去世的，到现在，已经有 16 个年头了。现在我也已成了一位迟暮老人。但我脚底下至今还被母亲给我纳下的鞋垫干爽着，舒适着。不但如此，母亲给我留下的鞋垫还有一叠根本没有沾过脚呢，还分别放置在我的衣橱、衣箱、旅行包和其他地方。我找出一些大致数了数，竟然有十七八双之多。我现在腿脚有了毛病，走动越来越少，看来，我即使活到 90 岁、100 岁，这鞋垫怕是也穿不完了！

我把这些鞋垫久久地抚在胸前。这些鞋垫都不厚，基本都是 1 毫米左右。但是我想，由于有这些鞋垫的衬垫，多少年来，我硬是比原本的自己高出了 1 毫米左右。而这还非常次要；主要的是，由于这些鞋垫上所寄托的伟大母爱，由于我深深明白母亲对我的殷殷期盼，我身上对事业的牛劲、韧劲和钻劲，甚至包括由此激活了的想象力，也应该比原本的自己高出 1 毫米左右。记不得是谁说过：成败常在毫厘之间。人和人才智的高下基本也在毫厘之间。一念之差，往往造就云泥之别；一张窗户纸够薄了，然一旦捅破，就可能顿时发现一个惊世奥秘。如果说我这几十年还算取得了一点点成绩，那么，我要说，它绝对是和这 1 毫米左右分不开的。

现在母亲已经到蓝天白云深处的天堂上去了，但我只要想起她，就会想起她给我纳鞋垫时辛苦专注的样子。她每纳一会儿总要抬起手来，把针在头发间蹭一蹭。母亲！你那永恒的、千秋不朽的动作上面所闪耀的，是人间的第一至情啊！啊！我亲爱的母亲！

庚子的云彩

庚子年已经进入尾声，回顾这一年，需要记住的事情有如恒河沙数，其中，庚子的云彩，给我的印象极深。

记得有一天，我看见一堆雪，一堆温热的、长着尾巴、呼吸着的雪——那是一只雪一样的白猫。这白精灵一样的猫儿，正在仰望别处。它的眼圈很黑很黑，眼球有如蓝宝石，流光旋转。顺着它的目光看过去，不是树，不是层楼，而是云彩。猫儿也发现了云彩的奇异！

就在这之前，我也看了好半天云彩。它们的背景应是瑶池之水，清澈透明，而它们，一朵一朵，都像这猫儿繁衍下的精灵，被人抱到天上了。湛蓝之中，一堆一堆的雪，一团一团的蓬松，一掬一掬的白。平时总觉得白就是白，今天这白，却打破了我的认知，它层次感十足，色相多元，似有极白、深白、乳白、月白、葱白，等等，其内涵的丰富，令人吃惊。这白，是最雅的音，最醇的味，是太空培育出的白玉兰花，开得奔放、痛快，朵大瓣厚，无拘无束。

这云彩的美，美入骨髓里了。它们的浓淡、厚薄、高低、错落、间隔、明暗，它们所构成的光影和色彩，它们所涌动的韵律和节奏，无不愉悦着人的灵魂。它们不同于我们司空见惯之物，像是草原上的云彩，像腾格尔嗓子里飘出的歌，高旷，明亮，舒展，饱满，飘逸。它们美得让人兴奋、感动、喜悦，无法言说。

今年，常常出现这样奇异的云彩，如朵朵奇葩，开在我们头顶的蓝天上，引人瞩目。它们和北京往年的云彩大相径庭，给人的是一种完全陌生的新异的感觉。具有非常强烈的视觉冲击力。

它们一天一个样子，一天一种美，新颖别致。而在一早一晚，它们又把自己酿成了霞，酿成了霞的美酒，别说喝，看一眼就能醉倒人。我从来没有经见过这么多美丽的云彩，它们好像是在举行一次世纪盛典，都把最美的服装穿出来了。或者，它们都是考取了美术学院，把各种颜料都买回来了，油画的颜料，国画的颜料，水彩画的颜料，还有丙烯颜料。它们最爱泼墨泼彩，泼出了花卉、焰火、绫罗绸缎。也泼出了大漠明驼、南海渔船、小青马、石狮子、腾跃翻飞的龙，以及种种物事。那天，我倚窗拍了一张红霞照，红霞里是一幅乡村图景，其中有山，有水，有小桥，桥上还有一头摆尾的牛，而这一切的周身，都有霞光浮漾。

有时候，云有好多层，让人意识到何谓九重天，也让人看到了云的深邃。就在那时，忽然，太阳的射线穿透一层层的云，一条条金色的箭矢携着贝多芬的第9交响曲，飞泻而下，大地一片辉煌。那情景，辽阔得让人想喊，想跳，想飞翔起来。

我看到别人拍下的一张照片，背景是绵绵的鳞状云，云前是古牌楼。云和古牌楼，是最佳组合。柔和刚，虚与实，茫茫自然，悠悠岁月，和谐优美，带给人的是庄严、静好与祥和的境界。

那些天，在街路上，晚高峰时，那涌流的千万双眼睛，往往会一齐被奇异的夕照点燃，人们便会喊出一个声音："美酷了！美炸了！"人们会以手机为镰，收割这美。他们欢欣认真，只想颗粒归仓。他们也都成了鉴宝识宝的收藏家，他们所收藏的，不是古玩，不是名家字画，而是今年的云彩。十年八年之后，这些云彩恐怕都会成了宝贝。

今年，也不乏灰云乌云，但它们不同于既往，也显出一种独特的美。有时，乌云擦着乌云，乌云推着乌云，云面窟窿凹凸，跌宕如涛，充满着力的震撼。那是因为它负载着过量的水分——雨，说下就下。雨后的京城，是一种水溶溶的美，诗意的美，半城琉璃，半城明镜。古箭楼有幸看到了自己的容颜，可以对镜梳妆。其实，古箭楼从不梳妆，它是威武的男人，一身阳刚之气。转眼间，它竟扛着云朵，跳入明镜。这下可乐坏了摄影家，他们蜂拥而来，一片大枪小炮。镜头里，上是奇幻的云，下是对称的云的倒影，古箭楼位于对称轴上。要是说得诗意些，是古箭楼腾空而起，矗立在彩云里边，有如琼楼玉宇，何其梦幻。

比起庚子年的疫情肆虐，天灾连连，强权霸凌，世情纷杂，庚子年的云彩却是十分美好的。它们风姿绰约，遂情顺意，赏心悦目，带来了一场又一场的心灵洗礼、审美的愉悦。宋代画家郭熙说，云彩是山水画的神采，它当然也是我们万里山河的神采。它总是精神饱满、容光焕发、气宇轩昂，使人兴奋，令万物增添着生机与活力；连被寒霜打过的小草，也都挺直了枝杆，一派蓬勃向上之姿。

在我们祖先的审美世界里，云彩一直是不可或缺的元素，它已成了我们的文化基因。从陶罐、瓦当、青铜器、画像石，一直到奥运火炬，都有云形纹饰。展开历代山水画，不论是石涛笔意、八大山人的墨韵，米氏父子的山水，总是满眼的云烟雾气。而在历代诗词里，云彩更是氤氲连绵，层出不穷："坐看云起""霭霭停云""云横秦岭""乘彼白云""气蒸云梦泽""荡胸生层云""云青青兮欲雨，水澹澹兮生烟"……云，在一座座诗词的峰峦间低吟浅唱，飞翔游走，百转千回。而在现代，不少文学名家笔下也常带杏雨梨云。徐志摩诗云："我轻轻地挥一挥手，不带走一片云彩。"公刘诗云："我打开窗子，一朵白云飞进来。"贺敬之诗云："身长翅膀吧脚生云，再回延安看母亲。"汪曾祺诗云："我从泰山归，携归一片云。开匣忽相视，化作雨霖霖。"洛夫诗云："……美了整个下午的云。"他们的诗，给现代的中国文学，注入了空灵、有神、通透、浪漫的气息。而余光中，更是以云彩概括中国的文化气质。他认为，只有"云缭烟绕，山隐水迢"的风景，才是中国风景。

当我们仰望庚子云的时候，就是欣赏着中国风景，就是望着中国的神采，就是向它致以注目礼。它丰盈着我们的神经，强健着我们的意志，催生着含云带雨的不凋的花。

鸡 鸣 在 耳

　　难忘的改革开放初年，难忘的1986年。国庆刚过，我在人民日报副刊上发表了散文《安塞腰鼓》。也许缘于沾了国庆节的喜气，它接连被收入各种散文选本，几十年里，陆续有十多种语文课本选了它。许多人对结尾的那句"耳畔是一声渺远的鸡啼"情有独钟。其实我在写这句话的时候，几乎未经思考，是信手拈来。

　　后来的某年清明节，我有幸在我们陕西参加了公祭轩辕黄帝的大典。场面庄严肃穆，来人众多。山上有历经五千年风霜雨雪而依然英姿勃发的黄帝手植柏，而群柏万棵，蓊郁满山，就像眼前这风尘仆仆从海内、海外赶来的无数亲爱的男女同胞。他们有的是第一次踏上祖国的土地，然而都对轩辕无比敬仰。爱父母之邦，爱祖国，完全是天然的感情。身上流着炎黄血液的我们，即使到了火星上，情感仍会和华夏的这片土地纠缠。这片土地上的山脉、河流、草原、田野、笑声、眼泪，李白的诗、马致远的词、张岱那舟中人几粒、齐白石笔下的蛙，无一不在游子们心上最柔软的地方产生共鸣。

　　一位白发的加拿大籍同胞姓蒲，我们正在攀谈，不远的山上传来一声长长的鸡鸣。蒲先生听了，眼睛里立即放射出异乎寻常的光彩，钻石似的。他兴奋地说："好温暖哪，咱们中国这鸡叫声！"他说，在他久居的温哥华，夜晚总是静得瘆人，有一天到了美国的一个小镇，天明时忽然听到了鸡叫，尽管那是地道的洋鸡，但他就觉得是听见了湖南老家的鸡叫，亲切、舒坦，心中仿佛出现了夜晚璀璨的灯光和雨后绚丽的彩虹。这真如诗人流沙河的诗句："中国人有中国人的心态，中国人有中国人的耳朵。"我说："东晋有云：'闻鸡起舞'。"蒲先生说："关于鸡，明代也有云：'立马先听第一声'。"那一刻，我便联想到《安塞腰鼓》中最后的那句话了。原来。那鸡啼中涵蕴的美好、象征着希望的信念，是先人们代代播撒的种子，是一直深藏于我的潜意识中的。

黄帝陵前的台阶一共是 95 级，我们把它看作 5000 余年的中华文明史，每登一阶，就计算我们应是到了哪个朝代。蒲先生说："咱们文字中记载的鸡和鸡鸣，好像最早出现在《诗经》中。"我说："是的、是的。"踏到第 39 级台阶的时候，我们粗算，正是到了先秦左右。"这应该就是吟唱出《诗经》的地方。"我说，"尽管违背《毛诗序》的诠释，我一直愿意将'风雨如晦，鸡鸣不已'理解为在艰难困苦中，总有希望存在。"

在我的心里，《诗经》在此，我们中华民族的第一部诗歌总集在此，在这第 39 级台阶上。台阶上有如晦的风雨，也有啼叫不已、激越嘹亮的鸡鸣。中华民族从远古一路走来，经历了深重的灾难，然而不已的鸡鸣昭示，我们总会迎来天明，总会重新站起来，阔步向前。这是多么诗意的台阶，音乐的台阶，美的台阶。我们低着头，久久咀嚼品味。

此后，每当我再想起《安塞腰鼓》结尾那一句的时候，我似乎就看到了伟大的轩辕。轩辕在上，那鸡啼声是轩辕的神遣之句。《安塞腰鼓》，我只是幸运的代笔人罢了。它反映的是我们这片多灾多难的土地的意志，是我们这个改革开放的灿烂时代的意志。它是袅袅上升的一种山河情绪，一片情绪和意识交融的云。我一直期冀它能是上升到我们辽阔的民族精神云层的一片云，期冀它能和整个云层变作朝霞，润红苍白，化成雨滴，丰盈干瘪，期冀伴着那隆隆鼓声和黄帝陵前悠长的鸡鸣，人们一起向着明天意气风发地走去，脚步铿锵。

柳青笔下的那碗面汤

柳青是陕西几代作家都崇敬的文学之神。他的《创业史》在艺术上所获得的成就，是无愧于后人的。它的间架结构，人物刻画，故事叙述，景物描写，都给我们留下了宝贵的经验。他的土拙又洋气的文学语言，他的句子里饱含着的土香、水味和口音，他的句子里弥漫着的广泛的学识、高明的机智，以及丰沛的文学气息，也让我们惊叹不已。

《创业史》是几十年前的著作了，现在再写关于它的文章，好像是不懂世事。但是，由于它在文学史上的重要地位，由于我对它的喜爱，由于现在大学课程里还在讲它，我还是想放一声马后炮。

我想说，研究《创业史》，不能不知我现在要提供的一个材料。这材料以前从来没有人涉及过。

在文学创作中，细节是个十分重要的命题，有没有一些好的细节，往往决定着一部作品的成败。《创业史》特别注重细节，给我们提供了一个常读常新的典范。小说主人公梁生宝在买稻种的途中遇到了雨，浑身淋得稀湿，为了给互助组省钱，没住旅社，只蜷缩在车站的椅子上过了一夜；吃饭时，他本可以在带来的路费里去取一点儿，吃顿羊肉泡馍，但他最后却只吃了从家里带的几个干粮，又喝了一碗不要钱的面汤。这个喝面汤的细节，几十年来，一直被人们津津乐道；几十年来，只要一提起梁生宝，人们就会想到它，它简直和梁生宝齐名。因为它决定了梁生

125

宝的生命成色，有力地显示了梁生宝的一心为大伙的高贵品质。

梁生宝喝面汤的这个细节的得来，当然应该首先在《创业史》反映的生活里找，但是，依我所了解的作家背景推断，它的全部原因还要推前数十年，甚至二百余年。柳青在决定用这个细节时，起码在潜意识里，一定会有我们陕北的一碗面汤晃悠。那是一碗陕北人都耳熟能详的面汤。

我在延安读小学时，上的是保小，不同于一般小学，学生的家庭广布于整个陕北，甚至全国。所以，学生的心理和眼界，就不限于延安。一些同学在和佳州（佳县）籍的同学开玩笑时，总爱说："喝面汤！""佳州人喝面汤"，是一句流行很久的谐趣俗语。柳青是吴堡人，吴堡不仅紧连佳州，而且曾经归佳州管辖。那一带土地瘠薄，天灾连连，是陕北有名的贫困地方。传说清朝乾隆年间，佳州人逃荒到了包头，常讨一碗面汤充饥，有的饭馆只图赚钱，缺乏慈悲之心，常常加以拒绝。佳州人当然很气愤，便质问："你们准备倒的面汤，怎么还不让我们喝？"对方却生硬怼道："你们舍不得掏钱买一碗面，我们的面汤当然不给你们喝！"有一位常年在包头做生意的佳州人，名叫钞启达，他年轻气盛，怒火中烧，就把卖面的打了一顿。事情闹到县衙后，县官却是一位有良知的人，当庭宣判："以后凡是倒面汤，需朝街连喊三声，如若无人应，方可倒掉。"消息传开，人们都拍手称快。

在这个故事里，佳州人是无辜的，而店家的恶行，反衬出的是佳州人的悲苦和刚烈。但是，在时过境迁之后，昔日的痛感消失，陕北各县的人，便喜欢用"佳州人喝面汤"这句话，消遣逗乐。这话一直延续到20世纪，以至现在，陕北人还是常常说到这话，并且加了点时代色彩，说"面汤是佳州人的啤酒"。作为吴堡人，作为一位思想敏锐的作家，柳青一定非常注意这句话，甚至可以说是没齿难忘。

多少年来，我们的民族苦难深重，而在苦难中，最可悲的是底层穷人。笑贫，嫌贫爱富，轻蔑穷人，是一种劣根性，它重重地压在穷人的头上。苦难中的穷人为了生存，就不在乎别人的白眼，在挣扎和拼搏中努力前行，如果概括一下，这就是朴素的艰苦奋斗精神。这一切，柳青当然想到了。在现代作家里，柳青是个少有的思想家，他一定会想的比这多得多。他迟早会将它诉诸笔墨的，因此写到《创业史》时，这细节自然而然地用上了。

一个绝妙细节的产生，往往是一位作家全部生活经验的爆发。作家生活的每一段，都很可贵；而作家的童年和青年时的生活熏染，更其可贵。所以我说，梁生宝喝的那碗关中面汤，里边肯定有陕北的成分。

我大胆做此推论，还有个明显的根据。请看原书中关于喝面汤的这段文字："尽管饭铺的堂倌和管账先生一直嘲笑地盯他，他毫不局促地用不花钱的面汤，把风干的馍送进肚里去了。他更不因为人家笑他庄稼人带钱的方式，显得匆忙。"

这段描写，分明含有清朝乾隆年间的那一幕的影子。摆在饭铺堂倌和管账先生脸上的那个"盯"字，把两个时代某类人同样的丑陋人性，揭示得何其清晰。前后两种画面，虽然隔了200余年，看起来却如出一辙。由此可以看出，两个时代的两碗面汤，是有着千丝万缕的联系的。就是说，"佳州人喝面汤"那句话，是催生那一细节的一个重要因素。而且，那细节的光彩夺目也是由丰厚的陕北那碗老面汤垫底的。

给了梁生宝生命的，是柳青，梁生宝在柳青的笔下成了"活人"。之后，梁生宝的一切行动，就随着自己的性格逻辑发展了。我那天心血来潮，曾在心里还原着当年的情况。当年，梁生宝拿了麻袋干粮去到外地买稻种，在家看报的柳青，当然牵肠挂肚。他担心的是他的梁生宝英雄品质够不够。但梁生宝没有辜负柳青的厚望，他一点儿也不犹豫，大口地喝了那碗面汤。梁生宝喝的那碗面汤，体现的是一种生生不息的无往而不胜的艰苦奋斗的精神，它注定是传世之汤，注定是五百年后还会冒着热气的汤。

大 漠 落 日

按照传统说法，大漠是不毛之地，而不毛之地是贫瘠的、荒凉的、丑陋的、令人厌恶的。

没有去过大漠的人，大抵都会秉持这样的观点。他们很难想象得到，当一些人真正见了沙漠，会兴奋成什么样子。

当此之时，好多平时非常拘谨的人，也会狂放起来，欢呼雀跃；跪下、躺下、趴下；滚来滚去；扔鞋子，赤脚行走；掬起一捧金粒一样的沙子，看它在指缝间美丽地溜走，或者将它扬上天空，成为劈头落下的流星雨。

好辽阔，好美呀，大漠！

天苍苍，野茫茫，苍苍茫茫的黄金的颗粒。阳光的照射下，处处都在发光，都在闪闪烁烁。除此之外，好像什么都没有，又好像涵盖着无尽的东西。你的双脚一触到它，胸膛里就会胀满"海阔凭鱼跃，天高任鸟飞"的情绪，想跃、想飞。

此刻你会想到，耳边日日作响的漠风，带着沙尘滚滚远逝了；而更早远逝的，还有古商道、古丝路、古战场，但是唐诗中的一些句子，却光灿如新："大漠孤烟直，长河落日圆。""广漠杳无穷，孤城四面空。马行高碛上，日堕迥沙中。""大漠风尘日色昏，红旗半卷出辕门。""君不见走马川行雪海边，平沙莽莽黄入天。"

这里没有红绿灯，也没有交通警察；这里没有路，又处处是路，十几辆越野车居然可以同时轮卷沙尘，并排驰骋，恣意妄为而不悖规范。这时候，你便会张扬出心灵的自由，觉得自己竟是在君临万方，独步天下。

然而，人们也知道，如果想要穿过这片大漠，比登天还难。因为大漠浩瀚无垠，而沙是虚的，你的脚踩踏不易，抽拔更不易，真是举步维艰。当你疲惫得完全拖不动腿的时候，你会长吁短叹，丧失信心。特别是，当漠风骤然吹来，风可以把人刮走，就像刮走一片树叶一样。此刻，你好像第一次知道了自己的分量，你会清醒地认识到自己的渺小和无力，你的精神几乎会崩溃。

而这时候，你所遇到的艰险，大概只是万分之一呀。因为，大漠如海，你是一叶小舟，好像走了很久，其实，你一直是在海的窄窄浅浅的岸边游弋。

只需稍稍深入，那严酷的情景便是——茫茫无际的大漠里，太阳如亿万座火炉炙烤，却又常常没有任何水源，从古以来的冒险穿越者，无数被晒死、渴死在那里。

然而，仍然有人前来挑战。

大漠，向来是英雄来的地方。

大漠，是塑造豪杰的地方。

英豪们那浩然之气，使大漠的每粒沙子都血脉偾张，璀璨如星。

在这大漠，人们用眼、用耳、用鼻、用脚、用皮肤瞩望嗅闻，触摸世界的壮阔与浩瀚，聆听风的呼唤，窥视大地的心态，感受和体验壮美的生命。大漠，是我们人类不可或缺的精神熔炉。

如果说这世界上有最壮美的景致，那无疑是大漠落日。1996 年 6 月的一天，人们就看到了那轮辉煌得扎心的落日。

那落日是从上海运行而来。

上海是个人流滚滚的繁华都市，在人们的一般印象里，上海人一口吴侬软语，就像柳永的词"杨柳岸，晓风残月"。然而，在 20 世纪八九十年代，上海出了一位叫做余纯顺的人，让上海有了豪放的新容。余纯顺立誓徒步走遍中国，历时 8 年之久，行程 4 万余公里，从上海到漠河的北极村，再到新疆的红其拉甫山口，又走完了川藏、青藏、新藏、滇藏和中尼五条"世界屋脊天险公路"，走过平均海拔超过 4500 米的阿里无人区。而现在，他来到西北大漠罗布泊。这罗布泊，人们都知道，是科学家彭加木神秘失踪的地方。但是，这个上海后生余纯顺，在这里向人们宣告：他要独自徒步穿越过去！他壮志凌云，率真坦然，虽千万人吾往矣！

为了这次划时代的穿越，他和一些有关部门，都做了相当充分的准备。然而，大漠的艰险，远不是他们所想象的。余纯顺走进去之后，还是迷失了方向，又遭遇了沙尘暴，接着烈日熏烤，没有一滴水喝。历史记载，就在那一天，他须发蓬乱斑驳，倒在那里了。但是我们今天回过头去看，这位上海壮士余纯顺，就在那一天的某一时辰，不是幻灭，而是变幻——有如从地壳里喷出了千尺岩浆，他，嚓的一声，化作一轮形同车轮子大小的大漠落日，璀璨夺目，辉煌了整个大漠。莫问大漠的落日下那吹箫人是谁，吹箫者无疑是华夏的无数儿女。

今天，当太阳或月亮升起的时候，当漠风再次呼啸的时候，当航天器从太空飞过的时候，依旧可以看见，不朽的壮士余纯顺，仍然在勇敢地跋涉。他的视死如归的求索精神，永远会激励着我们。

那 夜 的 黑

可着嗓子高吼秦腔的太阳，终于唱完了它的最后一声，停了下来。天地间依次留下鲜红、浅褐以至于灰色的嗡嗡余音，越来越凉，越来越微。最后，那余音不知倏地潜入哪棵树下，天黑尽了。

又突然乌云密布，连星星的窃窃私语也听不见了。

所以山间的黑沉沉的夜来了。确实来了，气势磅礴，席卷天地，一片漆黑。是的，这时候的山间之夜没有其他任何颜色，只有黑，黑黑黑黑黑，黑成了一切。黑简直是来了个突然袭击，瞬间就强占了四面八方。杆杆黑旗飘扬。黑色的兵马威风凛凛。人和万物都作了黑的顺从的俘虏。问俘虏何所见？俘虏们说："天地是一口古井，一个黑洞，一个无灯的海底隧道；或者是一个黑里黑面充着黑色棉花的大厚黑棉被，蒙住了一切。"问俘虏何所思？俘虏们说："看不见鸡在哪个架上，牛在哪个槽前，狗在哪家院落，因为鸡、牛、狗都成了黑甲虫了；夜是黑的，黑甲虫是黑的，谁能看见黑色中的黑？伸手也不见五指，因为天地已经成了风钻正在隆隆采掘的煤井的掌子面啦，掌子面里煤屑纷飞洒落，手伸出的同时就被严严实实地埋住了。"问俘虏可有诗？俘虏们齐声吟道："啊，到处是黑黑黑黑，黑挤着黑，黑重着黑，黑黑黑黑黑黑黑，漆黑难辨南和北。嘿，可真黑！"问俘虏有些什么感想？俘虏们却再不吭声了，到处一片寂静，因为它们一个个横躺竖卧，全都抱头大睡了。

很久没见这样的夜了。多年来住在喧嚣的城市里，白天不像白天，黑夜不像黑夜。白天天不蓝，太阳不红。黑夜天不黑，和白天没有多少区别。城市的夜黑得太困难了，常常是好像要黑了黑了，却又忽然没有了黑的意思，却亮起了街灯、路灯、车灯、霓虹灯、白炽灯，在这些灯的搅扰下，就再也黑不下去了，黑，像一颗难产的蛋。要说黑，那是淡而无味的黑，温不拉几的黑，摔不响的黑，有气无力病病快快的黑。其实是一种昏黄，好像吸毒者的脸。其实昏黄的颜色还是东一坨西一坨的，好像一块婴儿的尿垫子。好像是为了应付差事，走一下过场。哪像这山间，天要黑就真的黑了，翻江倒海，拼尽全力，黑得那么彻底，那么痛快，那么健康。哪像这山间是真正的夜，黑出了极高的品位，豪华、醇厚，郁郁葱葱。仿佛只要随便伸手抓一把，就能抓来十斤八斤。仿佛只要损坏一寸，就会给历史留下十分深重的遗憾。

按照我们智慧的祖先的观点，万事万物，一阴一阳蔽之；阴阳转化，乃是天地正道。因而既有严冬，也有酷暑；既有晴，也有阴；既有白天，也有黑夜。这样的环境才是一切生物的最佳生存环境。即以苹果而言，要是没有以上这些变化，它能长得甜吗？同样的道理，生活在一个没有白天和黑夜的明显区别的城市里，人的智慧和灵感也绝不会像喷泉一样地喷涌。

所以面对这样的山间之夜，我就很是兴奋了，我很想把它永留于纸上。但我现在没墨，没黑的颜料，只好从自己的躯体中寻找。眼睛算一宗，眉毛算一宗，头发本来是很可观的一宗，可是由于岁月的淘洗，有一些已经发白了，不过它仍然是最大的一宗。此外可以说还有一宗，那就是零零散散的几颗雀斑。遍搜全身，就是这一些了。那么，就让我一点儿一点儿地消耗它们，加以描摹

这夜呀，无月，无星，无灯火，甚至无一丝亮光。似三皇之夜，如五帝之夜。好黑！深邃的黑，古雅的黑，丰腴的黑。我张嘴，夜喂我一

嘴黑甜；我竖耳，夜吟我一耳黑静。我举目四望，四面的夜湿淋淋的，有了三滴水的偏旁，应是液化了，潺潺自我的睫根流进，滋润我的眼睛。为了使我得到更大的休息，白天可以看见的上万种颜色，都消失了，都湮灭了，都归于黑。山是黑的，水是黑的。山长着黑草，水翻着黑波。黑波像黑草，黑草像黑波。所以所见唯黑，只有黑。黑成了黄宏和宋丹丹扮演的超生游击队了，已经生下那么多，却还在生。逃着生，躲着生，只要有空就是生。而且，生下的黑在黑的枝头抖一下翅膀，就又落下一团黑了；生下的黑在黑的石头上鸣叫一声，就又使黑加重了几分。而夜雾中储满了墨汁，墨汁滴落着，一层一层地重在黑上。好黑呀这夜！这黝黝黢黢的夜！这时候，只要有只萤火虫提个灯笼走来，就会掘出个红的窑洞。而萤火虫的灯笼一灭，红的窑洞就随之悄然坍塌，如无声电影，天地就更黑更黑了。

世间职业千万种，山间的夜呀，像哪个？天说："它像个收藏家。"地说："它专门收藏黑。"是的，它是个专门收藏黑的收藏家。它的收藏太丰富了。它不但藏有龙山文化中的黑陶，当代的黑色幽默，黑白电视中的黑，以及黑沙发、黑皮鞋的黑，还把上下五千年一切图书中的黑黑的字，包括小篆、古隶、繁体、简体，都收拢到这儿了。或者，它干脆是一帧无字无画的远年拓片，上面没有一星一点儿的白，黑得浓浓酽酽，玄奥莫测。

不，山间的夜就是山间的夜。夜的反面是白天，白天有太阳，山间的夜是被太阳熏黑的。所以山间的夜，就像人们都把自家的锅底，一齐翻转在这儿了。锅底是瓷实的，夜是瓷实的。不信吗？唐朝有个诗人贾岛，贾岛的诗中有个没写出年龄和容貌的和尚，他敲过。

不，不，山间的夜还应该是一个人——山间行人，山间行人走过去了，我们看见的是他的背影。他此刻在想什么？是欢乐还是忧伤？我们尽可以从容观察。不过这时候我们是不能喊他的，因为一喊他，他一回眸，就失去了宁静，一切就喧嚣起来了。那么，就让这背影照直朝前走吧。这背影晃动着，显出一种刚强而又勇敢的气韵，望着它，便不由使人想起"天行健"三个大字。

沐浴在这样的黑中，拘谨和做作全都烟消云散了，身心全都彻底放松了，随便怎么静处都可以，随便怎么思考都可以，精神领域真正做到了和谐、舒畅，真正是"万类霜天竞自由"了。而人们的最重要的隐私权也得到了温馨地呵护，所以新的生命便孕育、孕育，在芬芳如花的被窝中。

我奇怪，古今中外的文人，为什么没有认真写过一篇关于漆黑之夜的诗文？为什么人们总把黑当成苦难和邪恶的代名词？为什么至今没有创建一门黑的美学？这，是不是人类文化中的一大缺憾？

正因如此，我更要向这世界郑重宣布：我爱这漆黑的山间之夜。我爱它的浩茫之黑。我爱它黑到家了。我爱它黑得刚强严正，如睡熟了的黑脸包公的鼾声。我爱它的云层中即使露出几颗星星，那星星的微光也绝不会将它污染。我爱它黑得那么纯，那么美。我爱它就像一只静卧的黑天鹅，一朵悄开的黑牡丹。我爱它虽然黑，却不像有些年月和那些年月的某些人的心。这里的黑是温存的，美好的，令人愉悦和令人生出无尽的希望的。我爱它的原野上奔跑的每匹马都是黑马，马蹄哒哒，将闯上明朝的赛场、股市和一切领域。我爱这黑。

高高飞翔的文字

　　一提起春风，人们马上会想到温暖、柔和、舒适。一句"春风又绿江南岸"，让我们的千年文化诗意盎然。可是在过去的陕北，在那苍苍茫茫的黄土高原上，有时候，春风是狂风、老黄风，把刚播下的种子，或者刚出土的禾苗，一起吹走或拔走，造成严重的灾害。然而正是这些让人憎恶的大风，磨砺了陕北人的心。大约在清朝末期或民国初年，一些盲人艺术家，竟然创作出一篇超拔脱俗的《刮大风》，以夸张和想象的手法，极尽风的强烈，为我们塑造了浪漫主义的艺术楷模。

　　在文学领域，山艰水险和云蒸霞蔚，缺一不可。我们的古典文学，从屈原到李白，到李贺、李商隐，再到吴承恩，构成了浪漫主义典范。譬如李白的诗句，"白发三千丈""黄河之水天上来""朝如青丝暮成雪""燕山雪花大如席""狂风吹我心，西挂咸阳树""长风破浪会有时，直挂云帆济沧海"，都给人以极为强烈的艺术撞击，丰富了我们的精神宝库。如果没有它们，唐诗将会残败不堪。台湾诗人余光中，深得李白的精髓，他在《寻李白》中写了这么几句："酒入豪肠，七分酿成了月光，余下的三分啸成剑气，绣口一吐，就半个盛唐。"文字不多，却纳万千于笔底，灵气飞扬，概括出一个啸傲于盛唐的李白。

　　诗人贺敬之的《回延安》，正是继承了李白的美学传统。贺敬之写作此诗时，正在延安参加五省（区）青年造林大会，当时我是延安一名爱好文学的中学生。在我们学校的大院子里，他和盲艺人韩起祥合影，我给他们按下了快门。不久，他的伟大诗章《回延安》，在新创刊的《延河》杂志发表了。我急切地捧读，就像有一道奇异的光芒直抵我心，那洗涤生命的审美感受，使我激动得不能自已。此后的数十年里，我常读常新。《回延安》虽然只是一首短诗，却是影响了我一生的作品。在我们这块广袤的土地上，这首诗也影响了一代又一代的后来者，早已成了脍炙人口的不朽经典。这首诗里，夸张和想象，俯拾即是，如："手抓黄土我不放，紧紧儿贴在心窝上""一口口的米酒千万句话，长江大河起浪花""身长翅膀吧脚生云，再回延安看母亲"。其中，含金量最高、传播最为广泛、最有资格进入人类精神圣殿的，则是这样一句："几回回梦里回延安，双手搂定宝塔山。"它看似言过其实，却突出了本质，含蕴有至情。而今，这句诗已经像陕北民歌一样，经常出没在人们之唇，并且被刻在延安的石山上。在这里，我想起了《漳河水》中的一节诗来："写在纸上怕水沤，刻在板上怕虫咬。拿上铁锤带上凿，石壁刻上支自由歌。"人们对贺敬之这句诗的感情，便是如此。

韩起祥也是位不凡的人物。他创编说唱的《刘巧儿团圆》等作品，曾风靡一时。贺敬之在《谈韩起祥》一文中说："他的声音、他的语言、他的创作都是很惊人的，表演也是第一流的。"我在少年时，为了学习他，同时为了了解农村，曾跟着他在延安河庄坪的杨老庄生活过一个多月。那当儿，我有幸听韩起祥说过《刮大风》，那风的生动形象，那风的气势，那风无孔不入的身段，那风造成天昏地暗的力量，使我如痴如呆，屏住呼吸。这一篇我只听了一遍，就记了一生，再也忘不了。20世纪80年代，我曾经写过一篇散文《老黄风记》，写的时候，韩起祥说过的《刮大风》，还在我脑子里模模糊糊地存着，我无形中汲取了它的营养。

近几年，《刮大风》就像千年花种，先是悄没声儿地在这里起根，在那里发苗，很快呼啦啦开得到处皆是，争奇斗艳，方兴日隆。有单人演唱的，有双人演唱的，有男女共同演唱的，有几十人演唱的，一时，羊肚子手巾，老皮袄，一把把三弦怀里弹拨，一块块甩板腿上敲击，有时还有民族管弦乐队一起演奏。《刮大风》，刮得何其热闹！

千百年来经受着苦难的陕北人，一边与苦难抗争，一边强悍着内心。久而久之，他们竟可以以欣赏的姿态、乐观的心态看待苦难。于是，那"劈头盖脸把你吹成从土堆堆里刨出来的秦俑"的黑老黄风，被进一步地夸张着，生动着——"把大山削得没顶顶，把小山抹得平又平"，它震撼着我们的神经，让狂风转换为审美对象。

我们陕北人对"刮风"的"刮"，体验深刻，情有独钟，在日常语言里，得到了妙用，如："我早晨从清涧起程，多半天就刮到延安了。"一个"刮"字，胜过千言。

…………

近代以来，我们纯文学中的浪漫主义，夸张和想象，比起古典文学，似乎有些萎缩。但是，在《刮大风》这样的俗文学中，它得以保鲜。我们文学界，怎能对它视而不见呢？

袁枚在《随园诗话》中写道："一切诗文，总须字立纸上，不可字卧纸上。"我以为，成功的夸张和想象，是飞于纸上的。李白的诗，贺敬之的《回延安》，以及《刮大风》，之所以异乎寻常地充满了艺术感染力，激动着人心，是因为那些文字在高高飞翔。

角 窗 放 眼

在一幢楼上，我高高在上，住在威武的十八层；却又像身处边陲，因为在非常谦卑的东北角。我的卧室里有一个被我称之为角窗的呈直角的大玻璃窗，它是我窗之鸡群中的一只美鹤。

角窗当然也是有窗帘的，但是我从来不曾拉上。我喜欢敞亮。角窗的夏夜，常有月亮给我抛来一块白净的被单；角窗的冬晨，常有太阳给我铺一块暖融融的地毯。凭角窗而放眼，视角比一般窗子开阔多了。有一天我忽生灵感，心里蹦出一句话来：这角窗是安在我墙上的巨大广角镜。

我经常看到遥远的天际，有一道未用任何建筑材料而构成的看不见的空中走廊，总有飞机缓缓飞过。我常看变幻多姿的云彩，看它们时而像白毛骆驼，时而像待发的火箭，时而像大胡子的马克思。那云里有时还似乎有流水流来，却又不只像流水的流动，是流水流到云里，是行云行到水中；它洒脱飘逸如邓丽君的歌韵，如电流的呼吸，如远年的烟雨，如烟雨中的莺，如欸乃渔舟刚刚远去。

假如我把视线放低一些，那完全是一幅现实的图景。那图景是改革开放前所难以想象的。右边的几幢离我很近的楼，由于近，巍巍乎如几座大山，其身后的楼群也迤逦如山的排列，依次一幢一幢向天边矮去。中间纵着三组楼，它们如远帆结伴而行；帆和山的缝隙以及它们的背后，雾蒙蒙的，数不清有多少楼的帆和楼的山。左边，我平视过去，好几排楼比我低了许多，它们重重红色的楼顶，像被枫叶网织的一些丘陵在我脚下，而我，像站在一座山王之巅。红顶楼的背后又是重重楼群，重重楼群如层层云彩变幻而成。如果我再把视线由东向北拉过去，广阔的视野里，大约数十几里方圆的地方，有树林，有树林中显露出来的房舍，还有更远的一组一组的错落有致、高高矮矮、颜色各异的楼群，楼群之间和楼群后面还有愈来愈远、愈来愈远、愈来愈远的树林和建筑，如圆周率 3.14159 后边愈来愈小的不尽数值，一直没入到朦胧山峦的苍茫之中。

有一天晚上大概由于喝水太多，我竟起夜两次。头一次我看见外面有雾——不是雾霾，是可爱的久违了的水晶晶的纯雾——太稀罕了，我就站在我的广角镜前，痴痴地看了一会儿。夜在纯雾的笼罩下，像海一般深沉。深沉的夜，深沉的雾，深沉的浩瀚海洋，淹没了这城市的所有东西，海水白茫茫一片。

我再次起来的时候，立即想起外面的景色，就又凭窗静看，而一看竟看得入迷了，再没有睡。哦，那夜的海，那雾的海，那无比深沉的海，逐渐变得浅了、浅了、浅了，终有一刻，浩渺之水哗然降落，被淹没的一切好像快要露出来了。猝然，有一个绯红的珊瑚映入视线，粘附在一座楼上。眨眼间，又一团绯红映入视线，也粘附在一座楼上。接着又一团、又一团绯红映入视线，都粘附在座座楼上。也许那些绯红并不都是珊瑚，有的应是海里什么别的珍奇，宽窄不一，长短有别，都粘附在楼的横的竖的边沿。哦，鳞次栉比连墙接栋有如依偎着的楼！哦，稀稀落落华华丽丽钻到我心里的红！哦，明暗高低远近！哦，不似之似似之！

不久，有几只早醒的鸟儿，从空中静静飞过。

世界没有任何响动。

倏忽间，绯红的珍奇有的长了，有的数量增加了，有的移到另一座楼上了。绯红有着不同的色阶，就像各色音阶在海水中奏出了动听的乐曲。而一些楼房的正面，整个被绯红所覆盖，绯红再也不是点和线，而是有了很大的面。有的绯红的面的前边，却是一座暗灰的楼，绯红对比了暗灰，暗灰凸显了绯红。这一切都在几近透明的海水中，分秒不停地疾速变化，光和影疾速变化，绯红也在疾速变化。片刻，东北角的楼群上，好像亮起了一些大小不等的超级灯泡，最大的应该有一万千瓦吧，好亮的灯泡！紧随着，大部分楼都明亮起来，都有了一些强弱纷杂的亮光。

突然，有如海底火山喷发了，一股火焰猛烈蹿起，扫上了正北远远的一座楼。火舌在楼的一侧舔噬，疯狂舔噬。

红光如响箭四射！

烈焰似火龙冲天！

但结果，大楼却不曾被烧成黑色的框架，而是烧成了一块巨大的表面有网格的红玛瑙，每一格网格都闪着炫目的光芒。

待我穿上衣服，纽扣还未来得及系，海水已不见踪影，所有的楼，所有的树，所有的街道，都露出来了，都屹立在东天朝霞的辉照之下。无数车辆已开始如大河奔涌。

这时候，不仅是建筑上的各种玻璃，连一些石头都在反光。

这时候如果有人看我，我的瞳仁里一定也有光的欢跃。

然而旭日还未真正露脸。酿造了朝霞的旭日，就在我右前方的那几幢楼的后边。但唯独那几幢楼，还有浓重的黑影。而转瞬间，旭日呼之欲出，它的光芒在那一幢楼的黑黑的边沿，好像烧掉了十几块楼砖，形成一个窦口，呈扇面横向喷射。而楼后的天空、云彩、鸟影，以及属于早晨的力量和勇气，寸寸都散发着斑斓的气息。

小区的喜鹊

　　去年（2017 年），在京城紧靠朝阳公园的这个小区，我住了下来。这儿一幢幢高楼如山耸立，楼下如宽阔峡谷般的院子绿树成荫，要是站在我住的 20 层楼看下去，那数不清的绿树就像一条河，从小区的楼隙流出去，又流过别的小区的群楼间，树冠的浪起起伏伏，蜿蜒奔涌，溅我满目诗意。更让我感到欣喜的是，我下楼去散步的时候，居然听见了喜鹊的叫声。

　　我抬起头来，举目四处寻觅，终于循声看见喜鹊了——那黑白二色的美丽天使，有两只，一前一后翅膀一夹一夹地飞着，拖着长长的尾巴。是的，它们是黑白二色的绝配。我想，它们的黑，来自夜的深沉，它们的白，来自昼的精髓——美得仪态万方！

　　以后我就常常看见它们了。它们一定是一对恩爱夫妻，夫唱妇随，琴瑟和鸣，形影不离。

　　喜鹊不像鹰。鹰有些冷峻、孤傲，总是远离滚滚红尘，贴着蓝天飞翔；而喜鹊，好像是上苍专为人类设置的世俗朋友，总是撵着人类的气息，安居在人类的聚居区里。

　　我发现，小区一棵高高的柳树上，树的枝叶间，有它们筑下的一个朴素的窠。那是用干树枝筑就的，用现代眼光来看，是很有些艺术品位的。

有一些日子，不论旭日东升的早晨，还是彩霞欲敛的傍晚，抑或是细雨霏霏的正午，喜鹊总是围着这窠忙碌着，就像淳朴的乡人，就像那些人中的丈夫和妻子，一天到晚总在家的周围忙活不停。那些日子，它们想必是在繁衍和喂养着它们的雏儿。我没能看到它们的雏儿是怎么出窠、怎么飞上天空的。我只是突然发现，这院子的另一些树上，树的枝叶间，也有了一团黑疙瘩。我立即明白，是它们的儿女另立门户了。

渐渐地，这大院里便有了好几对喜鹊夫妻。每一对夫妻都是那么好看那么年轻，分不清哪对年长哪对刚刚度过蜜月。它们身上呈现出一种独领风骚的简约美。它们就像一幅水墨丹青，黑的是墨，白的是未曾落墨的宣纸本色，如出自齐白石之手。大道至简，它们就存在于古朴的哲理中，自然淳朴，亲切随和。它们整日活跃在绿树上下，大门内外，即便飞得很远很远，即便渺若针尖，也让人一眼就看到一个个黑白交加的灵魂的颤动。

它们总是在人们目所能及的地方，一前一后翅膀一夹一夹地飞着，拖着长长的尾巴。它们有时从一棵树飞向另一棵树；有时从树上飞下来，贴着地面飞上一截，然后就落下来觅食，草籽、花瓣、虫子，或者是孩子们口里掉下的一星两星的饼干屑。它们有时唱瘾勃发，嗓门实在够大，尾巴一翘一翘，唱得好不得意、好不张扬，管叫全小区每个人的耳朵都装满它们动听的音波。它们时刻相伴而行，有时候偶然看见一只独行，但是用不了几秒钟，另一只马上就飞来了。它们夫妻俩好像永远被一根无形的绳子拴在一起。这样的夫妻之爱，我们人类恐怕只能甘拜下风，自叹弗如。

喜鹊们的欢叫大多在气温舒适的时候，要是在天气燠热的大晌午，喜鹊们便闭了嘴，息了声，沉默着，或翘一下尾巴，或低头叼一口爪下的什么，静静地钻在树林里面。但它们毕竟是生性好动的鸟类，只要暑气稍稍消去一些，它们就又会从林间一前一后翅膀一夹一夹地飞出来，一块随便落在什么地方，又一声接一声地叫开了。这样的时候，它们往往深情地一唱一和，但唱着和着，却又在不经意间，忽然转换为另一种调式——出声很短，都只有一个音：

喳。

喳。

喳。

喳。

…………

它们这样的唱和，像人们的夫妻间唠着一些事情：关于柴米油盐、孩子上学，或是小长假要不要出去旅行……虽不炽热却绝不寡味，恩爱自在里头。

有一天，我正在20层楼的居室接待远客，猛回眸，一只喜鹊居然落在我家露台的短墙上了。我们的眼睛都像电灯一亮。我说："不知咱们今天有什么喜呢？"

朋友颔首微笑。

通常，喜鹊总是在树林中穿梭飞翔，其高限只是三四层楼高。今天，它是怎么了？它是凭借了什么样的魔力，什么样的方式，什么样的升高轨迹，居然飞上了20层楼之高，如威武的鹰隼立于崖顶？是一时的心血来潮，还是作了长时间的精心准备？不得而知！

我问朋友："你说说，这喜鹊为什么要飞上来？这露台一没有草籽，二没有虫子，三没有水，它为什么要飞上来？"

朋友略加思考，说道："它想看一看广阔的北京市景。"

朋友的回答竟和我的内心不谋而合！这些喜鹊，或许有它们不可小觑的精神世界。

踏　海　行

那是一艘连着一座大厅的船，船下是夏威夷的口岸，口岸连着太平洋浩渺无际的水天一色——经过严格的安全检查，我们向船舱走去。

但我分不清我迈动着的脚步，是还在大厅里呢，抑或已经到了船上。

"已经进船啦！"

我疑疑惑惑："是吗？"

不管我信不信，人们好些信了，好些说当真是进船了。

虽然远远看见这船，这邮轮的时候，我被它的庞然外表震惊，但当我走进很可能是它的船体的一刻，我还是为它的别异巨大的内里惊得啊啊地吼叫了两声。

这哪里是船？这怎能叫船？我们是不是进错门了？

脚步迟疑的我，搜肠刮肚地检索着关于船的记忆。

我小时候第一次接触船，是在中国当代史上名声显赫的延河之上。之所以说是接触，因为那船是两艘拴在一起当桥用的，上了船，船不走，人走，但也多少有些坐船的意思。"文化大革命"中才算"坐"了一回船，是去上海的途中，从长江的北岸到南岸，这回虽然是船在走，我不走，但是我和船并没有亲密接触，因为我的屁股还隔着汽车的座椅，汽车才挨着船体。改革开放后我还"坐"了一回船，是在西安的新庆公园，但正确地说，那只是在湖心里拿着双桨和孩子们玩玩而已，嘴里哼唱着乔羽和刘炽创作的那首"红领巾歌曲"，心里唤起的是京城的白塔。我的真正坐船，是在后来，一是从青岛到烟台的海上，那是较大的机动船；二是在天津的新港，那是疾驰的军用快艇。当然我也从图书上、影视里看见过大型的军舰海轮，但是，现在看来，所获得的印象仍然难比亲眼一见。

后来我终于知道我真的是已经进船了。我兴奋，我吃惊。你看这巨型邮轮，它完全是一副豪华酒店的模样！宽阔的服务台，灯火辉煌的大厅。根根圆柱，层层楼梯。我们一家提着大包小包，进入走廊了。好长好深的走廊！哪座酒店有如此长如此深的走廊？它竟如一条幽深的山谷，那至远至深处，晃动的人影竟活似一件人的补养品，一根小小的人参。

终于气喘吁吁地走到头啦，却不料，这哪里是头唲，一转弯，又是一条长廊！

但正如天下没有不散的宴席，天下也终于没有走不完的长廊。

"啊，这长廊好长！"我们进了早已订好的房间，我还这样想着。同时高兴地看见房间宽大，阳台上摆了三四把座椅和五六把躺椅。我们就赶紧坐下、躺下，欣赏美丽的海景。夕阳正好，海风不大。海水翻着均匀的细浪。大船小艇，来来往往，大的有两层高的，3层高的，有的还载了不少汽车；小的多悬着风帆，有的至小至小，侧面看去，仅若一条扁担，让人想起古中国的不朽经典《诗经》，想起"一苇可航"的那种小巧妙趣。

累了，我们全返回房间休息。

忽见一片钢铁的黑云挤至窗前，移动于窗前。黑云翻墨，黑云压船，钢铁的黑云翻墨压船，黑云滚滚钢铁威逼人欲摧。定睛看时，却是一座山，一座移动的山，威风凛凛地从窗前擦过。再细看，那山的前端仿佛是圆柱形的岩石的山峁，山峁顶端还仿佛修了几层拱绕着的花岗岩的梯田。但这一切还未看清，却见它的后面牵连着一脉啸叫着的绵绵山系，那山系已雷声滚滚地驰走而去。留在心头的，是巍巍，是峨峨，是峰峰入云、峰峰壮观。上面应有松，应有风，应有雄鹰之窠、云雾之库。上面还应像我们中国的西岳华山一样，有一座老君的下棋亭。那儿应是仙袂飘飘。

我们急忙跑至阳台。那山系一样驰过的，是一艘令人心跳、令人叹为观止的邮轮——伊丽莎白号。与它相比，不用说刚才游弋在海上的那些小船了，即就是那些所谓大船，就是载了汽车载了货的大船，都太小儿科了。它们无异于幼儿园的小车、小马、小玩意，或者是蚂蚁眼前的几片草叶而已。

我立即想到，我虽看不到我们所乘坐的"骄傲号"的形象，但这威风凛凛的"伊丽莎白号"是一面镜子，已经映照出我们的邮轮也有同样的威仪。我后来得知，我们所乘坐的这艘"骄傲号"，船长294米，宽32米，高13层，工作人员1000余人，可容旅客2124人。我后来还和家人一起遍游了这艘邮轮。它有篮球场、运动室、游泳池、图书馆、会议厅、剧院，仅餐厅就有13间，有的餐厅可容千人，任你选用。我们曾走上巨轮的高层游览，走着走着，看见老远的岸上好像朦朦胧胧地有一个球形建筑，走近了看，那建筑却是还在船上，大约是船的水箱。有一天又在那高层的另一面游览，那是夜间，五六级的海风正在呼啸，扬起了我们的衣衫和头发，我们以为攀到最高层了，猛一抬头，却还有两层矗在上面，顶端是一盏灯，灯光在海风中如旗般活泼。

而此刻，我看见，在缓缓前行的"伊丽莎白号"巨轮之上，在它的甲板上、阳台上，树林一样的乘客向我们挥手致意："啊——啰——哈——！啊——啰——哈——！"我们也还以问好（我与孙女岸玛比高低）："啊——啰——哈——！啊——啰——哈——！"一时间，茫茫洋面，苍苍天空，远远近近的雾蒙蒙的大山小山，都震响起春雷滚滚的回音。

山在行，船在行，绵绵山脉在行。"伊丽莎白号"在行。悬在半空的夕阳在看着整个海洋。呼啸中，巨轮霸气十足地挡住了夕阳的视线。而夕阳似乎也不示弱，立即给它、给它的甲板上和阳台上所有的人，都似乎泼去了一腔的气愤、一腔的怒，但适得其反，夕阳做出的竟是一件适得其反的美容之举——"伊丽莎白号"因祸得福有了红色的边线、红色的轮廓。恍惚中，似乎有一个声音在唱："直的曲的红线条，红的线条红轮廓，红的轮廓绮丽的美，美轮美奂美如歌。哎，哎，悠悠的歌。"

歌声未止，夕阳却又固执地扑了过来，重重地压在了船尾，如千吨万吨的裂变之铀。无垠寰宇，难道再无大力神赫拉克勒斯了吗？"伊丽莎白号"似乎振臂一呼："我便是!"于是它现出一派气吞万里、威震八方的雄豪之姿，笛鸣三声，如嗬嗬嗬地三声喊，将夕阳甩了下来!

——童话般的一幕。

手表上的秒针铮铮响着。

童话结束了。

远去了，绵绵山脉。远去了，"伊丽莎白号"。夕阳的余晖中，船尾的高高低低的窗玻璃，这片一闪，那片一闪，如明明灭灭的交相辉映的游逛着的星斗。它走，走，终于走到海平面的尽头。啊，看那尽头，那海平面的边缘，按常理，它本应是平铺着一条直线的地方，却微微地隆着一条弧线了，水做的弧线，那当然是地球所呈现出来的它的球形之弧。地球不是极大极大的吗？地球不是大到难于让人看清它的本来面目吗？现在可好，到了浩渺的太平洋，眼前无阻无隔，能见度又达到了最高的程度，我们可以看得很远很远，于是地球好像缩小了一样，于是地球之弧显露出来了。而地球平时总是十分高傲的、十分矜持的，它总是深藏不露，是一副面对凡人永不开尊口的做派，特别是对于它的模样，虽然科学家们早已发现了，它却总还不让一般人有机会得到印证。可是现在，这颗城府深深的老地球仿佛急忙承认："我是圆的！我是圆的！"这时候，让人顿觉这颗大得总是令人敬畏的老地球不过如此罢了，让人顿觉自己也可以雄睨天下了，也有了几分伟岸、几分豪壮。而那"伊丽莎白号"，就在那老地球的球形弧线上摇呀、摇呀，摇得好像不断沉沦入海，只看见五层了，只看见三层了，只看见顶尖了，最后，影逝苍茫。

而这时候，我们的"骄傲号"才正式启航。雷声隆隆。船体摇动，船尾喷出了两行浪花的水莲，浪花的睡着了花瓣还激动不安的睡莲，灿然耀眼。脚下的太平洋狂躁起来。我们的巨轮自然也是一脉劈风斩浪的山系了，或者，是一幢占地百亩身高 13 层的巍峨大楼，高歌着，威威赫赫，气势磅礴，昂然前行。

暮色突然淹没巨轮。

入夜，巨轮成了巨型的摇篮，而船上的两三千人，大多成了婴儿，听着太平洋用鼻音哼出的摇篮曲，摇哇摇哇，渐渐入睡。而一些真正的婴儿却由母亲抱了，来到船上的温热的泳池，做生平第一次的勇敢下水。他们的近旁，是一些篮球爱好者，正在鸣儿喊叫着冲杀拦截。剧场里呢，舞台上，草裙旋转如花……

差不多总是太阳升起的时候，巨轮就披着朝霞的万道光彩，安详地驰入海港了。感觉里，这时候的巨轮不再是一脉山系，不再是一幢大楼，但山的雄奇还在，楼的巍峨还在，只不过将这雄奇和巍峨，悉数交付于一只恐龙了。亦然是壮哉恐龙！曩前的自由自在的恐龙早已灭绝了，我们的这只恐龙于今独步天下。那是我们伟大的坐骑呀，要让它吃，要让它喝，要给它补充足够的营养让它好好休息，而首先要做的，是将它紧紧地拴在铁桩上；不是一个铁桩，而是一排铁桩。拴它的缰绳好长好粗，而且需要六七根。而且一个人拴不了它，两个人也拴不了它，拴它硬是用了跑前跑后的四五个人，还外带一辆铲车。

整整七天的日月轮转中，大海就是我们的疆土，那是玻璃的疆土，琉璃的疆土，水晶的疆土。而巨轮，是我们的都城。这都城使我想起我长期生活过并且常常思念的古老的西安，想起西安的晨钟和暮鼓。而我们现在的都城是也有晨钟和暮鼓的哇。晨钟暮鼓——君不见晨钟就高悬于云砌的钟楼上，那是旭日；君不见暮鼓就稳搁在霞筑的鼓楼上，那是夕阳。旭日和夕阳的道道抖动的金光就是晨钟暮鼓的嗡嗡声响。又想起西安的城郊常有啾啾叫着的小燕飞掠麦浪，我便兴奋于我们眼前的郊野则有真正的浪和大大的燕。真正的浪是大海的浪，大洋的浪，一跃七八丈的浪，从那大浪上飞掠而过的，是翼展半米的啸唱着的黑色的海燕。海燕在晨钟之声中飞，在暮鼓之声中飞，在风口上飞，在浪尖上飞，从高尔基的选集里飞进飞出，它已是闪电的精灵，啊，海燕！与我们相伴的海燕！

除了海燕，伴我们的还有鲸鱼。那条鲸鱼我们每个人都亲眼看到了，它令人喜不自禁、令人永生难忘。

那时候我们的左侧是一座百叶似的奇山，山的每片叶每个皱折，都像一把刀子，一把刀刃朝前刀背朝后的刀子，它们通统竖竖斜斜地挂在绝壁险崖，一把把又一把把，有的刀刃崭新完好，有的刀刃像是曾经劈过什么，砍过什么，已变得弯弯曲曲，其中应有传说故事，给了人广阔的想象空间。但不管是哪把刀子，都应是烊了好钢的，那刀刃上虽布满野草如锈迹斑斑，却也难以掩盖它的逼人寒光——好奇崛的山！这座山！而我们的前方则是一轮正要入海的夕阳——夕阳散花，一朵朵漫天飞舞；海波闪金，一点点起伏不定。

风景太好了，光线太好了，心情也太好了，我们忙不迭地拍着照片，咔嚓咔嚓响声不断。"鲸鱼！"孙女一声喊，就像一声炸雷。我们便一齐拥向船舷，如鲫鱼过江。只见在落日的余晖中，绯红的洋面上，不止一条鲸鱼，它们时而翻身，卷起一脉海浪滔滔；时而喷水，喷出半天雾气蒸腾；时而跃出海面，如一枚导弹的腾起、蹿起、升起。而给我们印象最深的是，在波浪、水雾和夕照融合成的绝景之中，有一条鲸鱼破海而出又转身颠倒而入，眨眼间，它高耸起了一条被绚烂之光打亮的 V 字形的尾巴，那是一条如大鹏扇起着的双翼似的尾巴，那是一条随时都可以释出雷电的尾巴，耸着、耸着，就那么耸着，高高耸着，威武优雅，久不消失。我屈膝而跪。我的相机拍下了这一动人的史诗般的画面。

沧海有灵，鲸鱼有灵。我感到，那巨尾不单是一条鲸鱼的尾巴，那是海之深情脉脉，那是预祝我们快乐凯旋。

域 外 亲 情

从莫斯科到布加勒斯特，愈走愈像回到我们陕西了。气温由冷变热，由不像夏季的夏季变为熟稔的夏季，如陕西的夏季；土壤由黑变黄，由不像土壤的土壤变为看惯了的土壤，如陕西的土壤。空气像陕西一样干燥，路边像陕西一样长着高高的白杨树，楼房像陕西一样不怎么讲究外观。向田野望去，更像陕西一样，是大片的玉米地和收割了的麦地。加上这里的人们大多是黑头发黄皮肤，来到布加勒斯特，真有点近乡的感觉。好像坐上公共汽车再走几站，就可以看到兵马俑了。

但是，即便如此，由于语言迥异，人们的模样毕竟与我们不同；一些主要建筑物是明显的欧风欧味，我们大多数又是初次步出国门，因而心理上，还是暗暗感受到浓烈的异域气氛，以至有的同伴夜里看见许多蚊子在床边飞来飞去，也没有做出应有的正常反应，倒头便睡。结果蚊子便开始挑战了，嗡嗡冲下，轮番轰炸；同伴便以枕巾代炮搏斗，不知搏斗了多少个回合，还是落下了一身疙瘩一身血迹。第二天早晨别人起床了，他却困得起不来，并且自言自语地骂道："这外国的蚊子，怎么也和咱陕西的一样，毫无德性，也咬人哩！"

嘴上虽然骂得恨恨的，但正因为蚊子和陕西的一样毫无德性，脚下的土地反倒近乎了，使人生出一些亲切感。心理上月球般殊异的布加勒斯特，一下没了诸多不同，与我们陕西归于一统，如大雁塔和小雁塔。

而且，接下来遇到的许多事物，更使人有如回到家里般的喜悦。我们陕西人爱吃辣椒，餐馆里便有；我们陕西人爱吃腌黄瓜，餐馆里也有。而深更半夜，忽然醒来，听到的声音不但像回到家中，甚至像回到童年时光了，那是满城的远远近近的狗的吠声。生活在这样的环境中，就像母亲在身边，妻子在身边，儿时的小伙伴也在身边。眼前的许多人家就像多年相处的近邻，仿佛只要把他们的房门轻轻一敲，门里便会闪出一张熟悉的面孔，操着陕西话说："哎呀是你呀，快请进！"

但住了多日，现实的感觉又不对了。你去问路，人们不知你在说些什么；你在街上行走，好多人都注意你，向你投来异样的目光。这些都表明，你是一位外国人。而在你的眼里，他们又何尝不是外国人呢！噢，布加勒斯特是东欧的一个城市，是罗马尼亚的首都，绝不是陕西。同伴们感觉如此，我的感觉更是如此。怎么会不如此呢？以前漫说对布加勒斯特了，即便是对罗马尼亚这个国家，也所知甚少，在她的2000多万人口中，只记下了齐奥塞斯库的模样。也许由于对布加勒斯特的陌生，也许由于心中独一的形象——齐奥塞斯库最具罗马尼亚人的特征，如今来到这里，看到好多男人都像齐奥塞斯库。满街的齐奥塞斯库，齐奥塞斯库南来北往，齐奥塞斯库高低不一。有的抽烟，有的开汽车，有的兜售小报，都是齐奥塞斯库。齐奥塞斯库还跑着、喊着，手里举着一把阳伞。这似乎很有些可笑，但你只要有过觉得鲤鱼都是一种样子的体验，也就可以理解了。而对齐奥塞斯库们与我们之间的差别，哪怕是细微的差别，一眼便会看得出来，其中最突出之点，就在于他们的脸型，和我们很不一样。而且，他们的头发虽多是黑的，但还有黄、灰、白、红诸色；皮肤虽多是黄的，但有的却像俄罗斯人那样白皙。生活方式更加不同，男女间经常在大庭广众下搂搂抱抱；游泳的时候，那些姑娘居然旁若无人地裸露着乳房。周围的生物也有相异之处：麻雀羽毛颜色比我们的深，又长着一对黑眼圈；菜园里吊在蔓子上的黄瓜短而粗。在饮食方面，人家肯定有人家的高明之处，但由于文化背景的不同，除了腌黄瓜、辣椒和猪排牛排，我们都吃不惯。一些菜蔬本来和我们的完全一样，但在我们的感觉里，经他们的手一烹调，就奇哉了，怪哉了，套用一句陕西话，那味道就成布袋了。特别是奶酪，尽管有着丰富的营养，吃它如同受刑。大伙都把它赶忙吐出来，一边叫着："哎呀！这么难吃！"倘问有何譬喻？——好像读了一篇最蹩脚的初中生的作文。于是便思念陕西的羊肉泡了，于是便思念陕西的饺子宴了。而愈是思念，愈感到天各一方，愈蹈入茫茫如海的寂寞中了。

一日，我们去拜访罗马尼亚作家协会的同行们。步入作协楼房，沿梯而上，触目的是欧洲的古色古香；这回的感觉又变了，就像见到西安20世纪80年代建起的某些楼庭。工作人员安排我们稍坐片刻，作协主席迪内斯库和外事处处长索林来了，与我们一一握手。迪内斯库个头瘦高，穿着一件圆领汗衫，显得很随意，索林蓄着一脸大胡子，像位老教授，一问，年龄却比我还小，虽然语言不通，但靠了大使馆干部王铁山的翻译，我们谈得非常投机。迪内斯库和索林不时说一些诙谐的话语，又对中国文化颇为熟悉，更拉近了我们的距离。过了几日，我们在一家中国餐馆宴请他们，他们与我们围着一张餐桌，已经亲热得像老朋友一样。迪内斯库因为特别高兴，把他的夫人也带来了，他的夫人是一位翻译杂志的编辑，文文静静，不多说话，深色的套裙衬托着花样的脸蛋，一身韵律百媚生，使餐厅烁然闪亮。我们无所不谈，常常因谈兴过浓，忘了吃菜。作为代表团团长，我被推到时刻被人注意的位置，不久，迪内斯库便发现我、索林和他有着共同的特点：都是络腮胡子，只是索林蓄下了，而他和我没有。他说出后，同伴们介绍说，我是陕北人，是匈奴的后裔，所以才有这样的胡子。对于这点，我是半信半疑的，但因为我的与众不同的长相，这几年，许多文学界的朋友都持这样的看法。而且当时的著名青年作家高建群的长篇小说《最后一个匈奴》，其主人公就是以我父亲和我作模特儿的。接连的外力强加，后来，我竟也有点相信了。所以当同伴们这样介绍的时候，我默默地，没有丝毫不同意的表示。

但那边却掀起了大浪。迪内斯库站起来了，他的夫人也站起来了，他和她都有了好多的动作，好多的话语。我先是莫名其妙，后来才明白，原来，迪内斯库的夫人是匈族人，要和我认亲。他们夫妇都很激动。我想，我即使不是真匈奴人，也应和主席夫人有着贴近的关系，起码，她的根子，是扎在生我养我的那片高原上的。起码，飘荡在陕北千山万岭间的古老而美丽的信天游，是我们的祖先共同吼叫出来，一直传唱到今天的。"三十里明沙二十里水，五十里的路上我来看妹妹。"现在，何止三十里、二十里、五十里，我是几万里路上看妹妹来了。别后无恙，妹妹在笑，妹妹站在碯畔上。那么，眼前不只是陕西了，布加勒斯特更加贴心，如黄土的绵细，如米酒的滚烫，如山丹丹花香的溢满肺腑，活脱脱是陕西的一隅，是陕北。而餐桌上摆放的中国菜肴，也很有些陕北味道。那么，就让我撩把陕北的流水洗眼睛，好好地看看妹妹吧！

猝然间，主席夫人向我凑来脸蛋。那意思是很明白的，让我吻吻。她期待着。千里雷声万里闪，青杨柳树风摆浪，我窘迫万状。妹妹已不是穿红鞋的妹妹，妹妹已不是羊肚子手巾包冰糖的妹妹。百灵子雀雀绕天飞，飞成了黑海岸边翅翎殊异的云雀了，妹妹是有了不同的生活习俗的妹妹。但猫眼依旧，樱桃小口依旧，火热的心肠依旧。可是妹妹，你的表达感情的异乎寻常的方式，却惊呆了憨样儿的哥哥。哥哥恰似咱陕北从未出过远门的放羊老汉，怎经得起你洋枪洋炮的袭打？放羊老汉虽然见了野狼都敢抢它几棍子，但他却没有胳膊挎着老伴的勇气，更何况亲吻你了。我自恨不像妹妹，摆脱不了山沟沟的羁绊。王铁山为我解围，说也可以吻吻她的手背，但我仍然动弹不得。末了，在人们的笑声中，我站起来，与她握手。也许她感到我有些生分，但那一握之间，我倾注了全部的情意。而我更知道妹妹的情意，那是山高水长的情意，那是令人死活也忘不了的情意。

过了一天，在迪内斯库回请我们的宴会上，为了弥补一些遗憾，我为他的夫人带去一条丝巾。她却因事没来。我交给了迪内斯库。迪内斯库完全是一副我的亲密无间的妹夫模样，大大咧咧地收起来了。他说，如果解决了经费问题，过些时间，他将和夫人一道，前来访问中国，西安是肯定要去的地方。高高山上灵芝草，情深不在话多少。我欣喜异常。我将在西安接待我的妹妹、妹夫，我迟早还会见上我的牵骨动髓的妹妹的。对了，届时我还要问清她的名字。如果他们时间宽裕，我可以陪着他们，去陕北走一遭。我们将在覆着马兰草和羊粪蛋蛋的厚厚的黄土中，掘出千多年前的一声长歌，和那长歌浸透着的使我们不能不紧紧拥抱的盘根错节。

夏威夷之焰

　　我的眼睛贴着飞机的舷窗。夏威夷的大岛小屿以及礁岩，通被雪白的浪花镶了个边，就像搁置在白色缎子上的一些珍贵文物，令人心醉神迷。而白云游荡的天空，每一寸都像刚刚洗过，亮堂极了，清爽极了，但也简约极了，甚至不曾看见一只鹰雁之类的高飞的鸟。

　　及至坐到车上，眼前修剪得体的美丽行道树，以及一棵棵通天接地的椰子树，给我们刚刚离开的寂寥天空，补上了一撮撮生命的色彩。

　　第二天，我们租车在考爱岛走了大概半个小时，便已越过人烟的边界，进入了蓊蓊郁郁的山野之中。我们走下车来，踩着满地的碧绿看山，山是那么高峻巍峨，在它的垒垒坚石和浓浓植被之中，谁知会隐藏着多少远古信息。顺手摘了些浆果放到嘴里咬咬，发现凡是枝上滚圆的东西，黄的、红的、紫的，硬的、软的，里面都悄悄地结下了籽粒。

　　"咯咯咯——"突然，响起一声雄鸡的悠扬啼唱！我心上一怔，想：难道这儿还住有人家吗？巡睃了又巡睃，这儿绝无人家，片瓦也无。而鸡们却即刻出现在了我们的眼前，若霞块，若缎块，若雪块，若煤块，若金秋田畴之块，若燃烧的火焰……它们都有着我们心中稔熟的外观和动作，亲切而可爱——只是比我们常见的小了一个型号。它们悠闲地走动于大树根底、青草坪上。我们太惊奇了，就像在蹩脚的字行里，忽然撞见一些灵气四射的诗句。

这些鸡难道是某种野鸡？显然不是。它们不但与家鸡的模样完全一样，性情也温顺。它们一副旁若无人的样子，毫无惧色，甚至任着你随意碰触。它们究竟是从哪儿来的呢？我一路上猜猜想想。

后来到了繁华的市中心，发现无论是公园里还是街道上，到处都有这样的鸡。它们有的低头觅食，有的缩起一只腿像诗人似的构思着作品，还有的母鸡，居然带了一群毛茸茸的鸡雏，优哉游哉地横穿马路，而警察却在指挥来往车辆为母子们让路。

夏威夷天气炎热，仿佛全是由遍地燃烧的花朵所致，而这些鸡，就像是那些花朵的拷贝物——它们是会吃、会走、会唱的各色火焰。

原来，夏威夷是个由海底火山爆发形成的一串岛屿，与世隔绝着，起先没有人迹也没有动物。后来终于来了人，人带来了牛羊猪狗之类的家畜，也带来了鸡。百余年前，这儿逢上一场罕见的暴风雨，好些养鸡场被吹得七零八落，鸡们死的死、散的散，散的流落在四野八荒。但由于这儿不存在狼、狐之类的野兽，加上气候条件优越，这些鸡们便幸运地存活了下来，繁衍生息，最终野化，但它们的血管里却流着家鸡的血液。

我于是了悟，在这个世界上，生命不总是一味地简单传承，有时还会流转，会嬗变，会出人意料地逸出既定的运行轨迹，打破原来的格局和秩序，由依附变为独立，听从自己心灵的召唤，从而生面别开。

我们在餐馆就餐，吃了一道"夏威夷鸡"，心想，夏威夷到处是鸡，是否就是先前看到的鸡？后来知道我们完全想错了。夏威夷随处可见的这些野家鸡，是被政府和社会严加保护的，任何人不得随意侵害；食用的鸡毫无例外地出自一些大型养殖场。

终年飘香的夏威夷，花开不凋的夏威夷，它把草籽、昆虫和全部的爱，悉数提供给这些野家鸡，由它们游走，由它们享用，由它们以自己的意志生活，祥和安静地度过一生，这里显然是鸡们的桃花源。

　　此时，白云蓝天之下，温和湿润的海风之中，那些红的、白的、黑的、芦花的夏威夷野家鸡，正迈着华尔兹的方步，何其舒心和自在。鸡们一时兴起，居然孩子似的打闹起来了。其中一只气宇轩昂，肉冠如颤动的火焰，背覆白羽，胸腹和尾巴黑中透着蓝绿，打闹中它最为显眼。当它遭到围攻的时候，竟嘎嘎地飞上树丫，而另一只也跟了上去，它的嘎嘎声随之爆开。接着，整个鸡群热闹起来了，谁也说不清那是多少声音。生命的洒脱宣泄，此起彼伏，如同一团燃烧的火焰，热烈到了极点。好长一阵子，才重归寂静。

苍茫万千字

——阿拉斯加纪行

我一边游走一边敲击大地的键盘，是为了使万千汉字歌唱着成型，成风声雨声，并在苍茫中发出阵阵回响。

——题记

1

早听人们说，阿拉斯加是世界上屈指可数的最后一些净土之一。

早听人们说，阿拉斯加是一方极为寒冷又令人血脉偾张的古老大陆。

早听人们说，阿拉斯加是一块壮美得让人不得不嚎啕大哭的地方。

是这样的吗？

2

我手扶船舷，环视八方。

多次看见的是远处陆上的山，在向海的一面，总是形成一个坐着的斜边长长的直角三角形，那斜边渐次矮了下去，矮了下去，以至于完全消失于大海之中。还可以看见那最后的陆地上，总有几间红的或白的小房子，撩拨着人的求知欲：它们是做什么的呢？里面住着人吗？海啸来时会不会把它淹掉？

3

千片万片的云彩，都像电镀的一样，而太阳则是电镀之源，它首先电镀了自己，最豪华的电镀，电镀的太阳电镀的云，物理和化学的激烈反应。它们夺目耀眼，似乎只要稍稍碰一下，那物理和化学的反应就会掉落在地下，把树木烫焦，引发山火。但常常在这时候，烈烈太阳转瞬就变得温柔无比，使西山的上空红艳起来，凝固的焰火弥天，好莱坞的大片隆重上演，银幕宽达八千米、九千米甚或一万米，焰火灿灿烂烂，西山成了眼睛中的最后一片陆地。

而我知道，阿拉斯加真像这最后的一片陆地，但它更为诱人，因为它是世界的尽头。

4

越走黑夜越短了，短得只有六小时、五小时、四小时，相应地，白天越来越长，以至到了晚上10点钟，以往我常常上床睡觉的时刻，太阳才有了一点儿沉落的意思，我还可以站在甲板上拍摄照片。而一到凌晨三点，天就大亮了。大亮中，看见的除了海涛和远山之外，还总有几艘船舰在远处的阳光下摇摆，背景虚白，船舰黑黑。

越走晴天越少了，越走云雾越多了，而且那云，全然不像内陆，一朵朵已不好再用朵字来做它的量词了，因为它们一个个都别出心裁地变幻着自己，甚至让人感到它们一个个都成了几何王国的行家里手了，有的成了三角形，有的成了矩形，有的成了梯形，几何的云，云的几何，几何的云好不几何、好不奇特、好不美艳！还没到阿拉斯加，我们已看到云的异数，异数的云已如另一个星球的风景悄然展开，亢奋着我们的眸子和神经！那些云，还有的在一个山头，竟然成了一座有着数百米阔拱顶的白玉宫殿，那悠长如诗歌的拱顶居然如人工所砌，规规整整，无一逾矩，而且，它的左边还矗着一座同样如人工所砌的规整的白玉侧殿，侧殿里如有壁炉在燃烧，因而侧殿的上方，升起了袅袅白烟。整个建构十分精致。

5

一缕一缕的奇异扑来，阿拉斯加快要到了。我的眼神经过好一阵迷乱，最终还是得到些许的平静，并且能聚焦于一点了。我看见一座座睡莲一般的小岛，由于距离的不同，在视线中旋转、旋转，又迎着船头，列队向我漂来，那当然是阿拉斯加派出的仪仗队了；它即使只有一间房大，也都长满树木，以树木为迎宾的仪仗。我还看见一座座的下有绿树上有积雪的大山，也列队迎向我，它们有如阿拉斯加派出的迎宾官员。而港口里的水上飞机起起落落，其声如雷，震得满山谷都在震颤，都在轰响，又恰似为我鸣响了阵阵礼炮。但这一切都来不及细看，只惊鸿一瞥，阿拉斯加已将我紧紧地揽在它的臂弯里边。这时看到的是，除了小镇般的寂寥房舍，除了白墙红墙，黑屋顶外加根根电线杆，便是万年不融的千尺冻土层上的满目的雪野、雪原，还有缥缈中的冰河。

6

这一刻，我愿披发跣足，我愿原始一些、野悍一些，像北京猿人或蓝田猿人，我甚至愿意成为半坡姑娘手中陶罐上的那条鱼，从而成为阿拉斯加族群和万物中的一员，并和他们打成一片。

但我仍旧是我。

不过我是专门来找苦吃的。虽然到了这儿我们旅客也有着舒适的食宿条件，可是我却远远地避开了。我渴望艰苦，我想从中得到人生命题中应有的坎坷和苦难的历练，从而使自己心中的元气能够得到积蓄。

我看见一些青年男女远胜于我。我看见他们迎着阿拉斯加凛冽的寒风，裸露着肌肤，在这里或练瑜伽的静坐，或跃起脚腿作鹰似的舞蹈。

在他们的身边，风总是古朴的，石总是未经雕琢的，树叶总是发出远离报章头版新闻的阵阵号声；时序和方位，远古和今天，陆地和海空的界线，都变得模糊不清了。但正是在这里，却十分清晰地显现出了他们青春的无限美丽。

7

这儿是冰雪的琴，每走一步都能发出洗练的美妙音响。

踏着琴音，我狂走狂看。我热汗淌尽就匍匐于带冰的苔原，体验万物的生存之艰和坚韧不拔。环望这儿的仙境般的瑰丽，我尽管没有嚎啕大哭，但我的心跳得比嚎啕大哭还要剧烈，还要激越。我听到了阿拉斯加的真实的生命律动。我从头到脚都鼓荡着深沉的兴奋。我成了一朵乍开的花，新鲜，明艳，没有一丝倦容；或者成了一只刚刚爆开的爆竹，满身都是热烈的缤纷，尽管脚下是冰，是雪，是阿拉斯加的冷冽的不可一世的寒风。

8

巨石累累，巨石突兀，巨石纵横，巨石压顶逼得人透不过气来。绝壁上——吊着巨石；陡坡上——趴着巨石；树林间——露着巨石；孤峰上——擎着巨石。那些巨石又与我们常见的巨石不是同一的概念，而是高了好几个型号，好几个层级，犹如姚明之于普通人。它们其实大多不好再用巨石二字来指称了，它们是巨石中的巨石，是石头中的巨无霸。我觉得这儿每块巨石都是一位争夺天下的角儿，它只要哇呀呀一声喊，就能使大海退潮，河水倒流。

除了石，山上到处是水，到处是小河和湖泊，更有水的固态形象——冰和雪。

9

阿拉斯加的冬天是漫长的，一年竟长至 8 个月左右，那当儿，大地悉被冰雪覆盖，不见一丝叶绿花红，人们有的回了内陆地区，有的整天猫在家里，像北极熊似的过着冬眠的日子。现在可好！现在到了暖洋洋的春暖花开的季节了！

然而，这样的季节只有短短的 4 个月，所以被上苍安排在这儿的知天乐命的花儿们、草儿们，都抓紧这一宝贵光阴，争抢着发芽、出土、长大、开花、结籽，完成自己的一个完整的生命周期，而世界各地的游客也蜂拥而至。于是当地人也像这里的花儿们、草儿们一样，在这稍纵即逝的黄金时刻，大做旅游生意，以期挣足满年的生活费用。

10

一只不知名的黑色的大鸟，忽然从野旷中显形，在树上长唳。它，仿佛长唳了两万年了，但声音并未嘶哑，还闪着底气十足的金属般的光泽。

湖面上，这儿那儿，漂浮着一些从冰川上垮落下来的蓝色的冰块。这些天，这样的蓝冰我已在海洋上见过不少。它们原来是从这样的地方产生和出发的。但它们现在是无奈离开。它们一走三回头。

11

山不再像山了，完全像画，水墨艺术着群山，无尽的画的长卷。画里的空空蒙蒙，迷迷离离，幻化无定，时隐时现，如渗进血管的陈年的温润老酒，让人惬然入醉。

是的，一幅幅水墨山水推过来，那醉人的画，画中的逸品，沁脾荡胸，一幅幅干湿交错、浓淡有致，如宣纸上的烟雨还携着徽墨的香味，一幅幅云气苍茫，清辉灵透，梦幻一样，一幅幅！你不得不一遍遍惊呼：啊！那是米氏父子的画！啊！那是高克恭和陈道复的画！啊！那是张大千的画！啊！那是黄宾虹和李可染以及吴冠中的画！整个峡谷就像水墨山水的巨大展厅，愉悦着人的眼睛和心灵。而美轮美奂的水墨山水，左边也是，右边也是，哪一边都是精彩绝伦，教人气喘吁吁，跑来跑去，不知如何是好，如何才不会留下遗憾！

12

人常说，每逢佳节倍思亲，其实，每逢佳景也是一样。此刻，我不由想着我的不曾来这儿的至亲和挚友，我多么想掰下这儿的一块，带给他们。然而，这佳景可以看，可以听，可以闻，甚至可以伸手去摸，却无法掰下和携带。其实这无奈不是我第一个发现，这无奈古人早已说了："只可自怡悦，不堪持赠君。"我能做到的，只是一次一次地拍着照片，一次一次地如野狐似的狂奔，然后再拍照。

13

人都傻了！

人无语。万籁俱寂。

仿佛地球也停止了转动。

麦金利峰如同从天而降，从苍穹而降，是庞伟的仙山和神岳，是月球或火星的彪悍弟兄，是至大的石的结构，播散着天体般的啸响冷光。它的顶尖是一个度数微微的锐角，两线交接在九霄之上。它比任何高大还要高大，它比任何威严还要威严。仿佛它就是整个世界，或者整个世界竟不及它的一半，它是统领寰宇的最具权威的超级神灵，拔天接地，威威赫赫，它多么令人敬畏！这麦金利峰！

我的心，此刻是那么五彩缤纷又那么纯净。我回味着神秘莫测的阿拉斯加。阿拉斯加具有300多万个湖泊、10万多条冰川和无数雪山。那是苍茫万千字，够我读上一生一世。今天，它面对一位无缘久住的匆匆过客，它何其大度，何其慷慨，它捧起了千万座雪山冰河拱围着的麦金利峰，把那峰上融化的艳阳和蒸腾的浩然云气，把那我平生不曾见过的雪燃冰河、云气蒸腾的大气象和大境界，毫无保留地推到了我的渴望心灵升华的面前，沐我、浴我。

一缕云影飘进我的鼻腔。

我的肺部似有巨大的冰川在辗动。

野 物 趣 事

在北方的许多地方，人们把野兽称为野物。一字之差，剔除了大部分人们概念中的野兽们身上狰狞可怖的成分，让人感到亲切起来，人与兽的尖锐对立，由此得到了消泯。而它又保留了一个野字，于是便有了距离感、神秘感，逗引着人们特别是孩子的好奇心。大概正由于这样，我小的时候，一直以为野物们的世界是很有趣的，便被诱惑着，从而心向往之，非常希望我也能沾上个野字，长出一身毛来，与它们一起生活几天，弄个究竟。但天不怜见，野字死蹴在字典里不下来，皮肉也播不进毛的种子，只好铸为憾事。而所幸的是，当我年过半百，独自行吟于茫茫的黄土高原上的时候，那些手拿放羊铲铲的放羊娃，那些脸戴眼镜的野生动物的摄影者，那些不意间曾与野物邂逅相逢的男男女女，向我讲述了不少野物的趣事。当我聆听着的时候，我的心便欢舞，我的血便畅流，我便其乐无穷陶醉于其中了。我想，这趣事天所生也，而天为人类所共有，这趣事就理应成为人类的一顿共同的精神美餐，不敢私截以至把它放馊，遂匆然和盘端出。

黄鼬：长着很长很美的尾巴。夫妻常常结伴而行，配合默契。它们有极为邪乎的捕食本领。例如，它们来到崖头，发现下边半崖上有一窝雏鸽，而崖又刀削似的，无法下去。假若它们不是它们，而是别家一对夫妻，那一定会面面相觑，然后长叹一声——走人。可是它们却是它们。它们的尾巴摆动起来，仿佛对世界说："我们长着的尾巴不是让别人看的！"于是，它们毫不犹豫地下手了，如要杂技，丈夫咬住妻子的尾巴，妻子颠倒垂下，终于奔上目标。妻子吃饱之后，又交换位置，咬住丈夫的尾巴。丈夫技艺更高，而且早已馋得等不及了——嗖！一跃而下！

獾：与黄鼬的捕食本领相比，可谓各有千秋。它很爱吃鼠类，且非常聪明，知道鼠类的洞口很多，便把那洞口一个一个堵了，只留下一个。它就趴在那洞口边吹气。它的气一定含有现代科技的成分，比如是催泪瓦斯之类吧，一吹进去，鼠类受不了啦，慌忙跑了出来，撞在獾精心安排的枪口上。獾还很善于夜间偷鸡。夜间，天上或者挂着月亮，或者只有些星星，人们都睡了，村庄一片寂静，獾便蹑手蹑脚地来了，到处逡巡。它只要抓住鸡，便用两只前爪搭在鸡的肩膀上，以两只后爪疾行，鸡便被它推着咯咯地叫着向前跑了。它俨然成了直立行走的人，成了哪家餐厅的采购员，大摇大摆，推着有生命的鸡的板车，扬长而去。

狐狸：它偷鸡的办法更妙。推都不用推，是骑着，只以尾巴作鞭予以驱赶，像驱赶着一匹长着翅膀的骡子，惬意极了。要是碰见人，它虽然缺乏过硬的武装借以恫吓，却会怪叫一声，那声音很瘆人，使你毛骨悚然，惶惶避之。

野兔：可谓弱中之弱了，所以它极为胆小。但到了性命攸关的时候，它们也会拼死抵抗，故民谚云："兔子急了也会咬人一口。"它们最可怕的天敌是鹰，常常死于鹰爪之下，它们便在祖祖辈辈血的教训中琢磨、研究，从而终有所悟，并且想出了挽救兔族危亡的办法——听见鹰锐叫着冲下之时，立即仰面朝天躺下，同时缩了后腿，一俟鹰冲到身边，便嘭的一声，弹出后腿。那撞击声真够大的，离老远都可以听到，其中所包含的力量，可想而知。鹰自然是头破血流的了，有的扑打两下翅膀，便一头倒下死了。但即使从上述情况也可以知道，野兔的视力是不怎么行的。野兔能发现鹰，不是凭视觉，而是凭听觉。它的嗅觉也不错。而只要掌握了这一点，人们要是想抓住野兔，可以不费吹灰之力。其办法首先是，身上不要带酒味、烟味、药味；然后，舀一盆水，找些野兔粪来泡进去，大约泡上半个小时，再把自己的衣裳也放进去泡上一段时间，晾干后穿上；继而，你就大大方方而不是鬼鬼祟祟地向野兔走去吧。这样，你一直走到野兔跟前，它还以为是自己的同类来到了——不跑。那么，你就把它抱起来吧，接着再说："啊，亲爱的！"

狼：一般都认为，狼是最凶残的了。因此，说起狼，便无端地弥漫起一派冷战气氛，仿佛狼是十恶不赦的战争贩子。其实不然。狼在大多数的情况下，都奉行的是和平共处的政策。狼有自己的爱，特别是母爱。在母爱这点上，谁如果伤害了它，它就发怒了，因此要报复。比如你杀死一只狼崽，这下你就闯祸了，你晚上睡在家里，它一定会找到你的门上。它嚎叫，打门袭窗，甚至在门窗下挖洞，誓欲找你算账。当然，你也许躲过去了，但过了很长很长的时间，你已经不害怕了，而狼却一刻也没有忘记。然后，也许在一个夏日的中午，大家都躺在树阴下歇晌的时候，你也躺在那儿，狼就出现了，瞪着血红的眼。那么多的人，它不动张，不动李，却端端地瞅准了你，一口咬住你的脖子。要是你侥幸活了下来，你一定会对狼的侦察手段和辨别能力，发出由衷的赞叹。

猴子：好多野物都很精灵，但比起猴子来，又颇为逊色。不过，同是猴子，其精灵的程度，又大相径庭。因此，人们想在一群猴子中得到一些非常精灵的猴子，便要进行挑选了。怎么挑选呢？像处罚似的，拿一些砖头来，让猴子们双手握住，各个顶于头上。然后，人便走进屋里，趴在门缝偷窥。出现的情况将会使你感到挺有意思——凡是非常精灵的猴子，见人一走，马上把砖头放下来了；一见人走出屋门，又慌忙顶上。而那些比较老实的猴子，却始终不敢动一动。要是选的是人而不是猴子，大概很少有人会选中前者的，因为感到它太奸猾了；但是现在变了，完全来了个颠倒。

我们的小院

原来的小院，除了长一株不知什么人什么年月栽下的病恹恹的小花，什么也没有。

现在则不同了！

那是什么？枣树！枣树正在开花！那是什么？桃树！硕大的桃子已经泛红了！那是什么？一些郁金香！郁金香开得姹紫嫣红！那满院浓酽的绿又是什么呢？那是这儿的主要风景了：一片一片阔大的南瓜叶交织着、重叠着，遮蔽了地面，而屈居于它底下的芹菜不甘心、不气馁，竟硬是从它们的缝隙中钻了出来，顽强地争抢着阳光；大大小小的西红柿果实，闪烁在浓密的枝叶间，如一群捉迷藏的绿衣红衣女孩子，藏藏躲躲，时隐时现。就在这样令人迷醉的世界里，我欣然忙碌着，给韭菜松松土，给小葱浇浇水，给西红柿掐掐尖。一忽儿听见女儿喊我吃饭，我就向屋内走去，不意有谁将我拽住了。扭头一看，却是一株花儿，是花儿的刺钩住了我的衣襟。定睛一看，是一株白色玫瑰花，它的好多枝头挑着刚刚绽放的花朵，有的还簇拥着三四朵，那层层花瓣有如层层的小小白云重重叠叠，使人怦然心动。

面对这些，老伴当然心满意足，因为她是这儿真正的劳动者，这绿色国度值得骄傲的创造者。

最早，种菜是和无奈一起来到的。原先土里好像什么也没有，可是

169

菜们一从土里冒出个小脑袋，大批虫子也冒出来了：蜗牛、鼻涕虫、鞋底虫，数不胜数。它们原先在哪里呢？不知道。我还没有参透土地之谜，却明白，该出生的一定会出生，尽管它们真叫人恨死了。你看它们，除了有辛辣之类味道的菜蔬外，常常是你出来一棵，它啃啮一棵——有的被啃得豁豁牙牙，有的几乎被整个吞了。和虫子一起作恶的还有鸟儿，你一不留意，它就会飞来叼走一棵。对付虫子，我们起先束手无策，后来终于发现办法了，就是每天黄昏的时候，把淋湿了的塑料袋放在一个角落，第二天拿起塑料袋一抖搂就是一大片慌乱四逃的虫子，我们就赶紧脚踩棒打。对付鸟儿，我们用的是最古老的办法，做个稻草人（其实是塑料人）。即便如此，那些菜也被虫子和鸟儿糟蹋得够呛，损失真够惨重的。因此我们不能不发出一声沉重的叹息：唉！菜们就像一切生命一样，要在这世界上存活下来，必得经受很多很多的磨难，太不容易了。

忽然有那么一天，在枣树的高高的枯梢顶端上，千呼万唤始出来，出来了一星几乎很难发现的绿。老伴说她看不见，她的眼神不如我。在我看来，那虽然少，但毕竟已有了一丝丝绿的意思。

我最看重这棵枣树了，枣树在这儿是稀缺物。我天天眼巴巴地瞅着，终于看见它的梢头真的绿了，并且有了两星、三星，后来，经过了不算短的时间，那几点绿星长成了一簇绿色的嫩芽。枣树的成功发芽，给了我们最早的喜悦和慰藉。

菜田里，草又不知怎么"从天而降"，大有抢夺天下之势。真是两面受敌。我们就拔，就锄。同时补苗。菜们减员一个，我们就补上一个。终于，菜们在艰难中长起来了，不再怕虫鸟的危害了。

南瓜秧长起来的时候，先是一棵棵地缩在那里，就像乡间的一些抽旱烟的老农一样，一起蹲在那里闲聊。它们显得有些迟钝、木讷，好长好长时间都似乎不再见它们会有什么新的动静。有一天忽然发现它们开始扯蔓了，一扯就不可收拾了！你看它们好像开始了一场百米赛，一个个跑得那么疯、那么野！原来，它们漫长时间的不动声色，正是为了这一天哪。

攒足了劲儿的南瓜呀。

瓠瓜与南瓜差不多，也是一开始扯蔓子就猛长。但是它高高昂起的头颅，窥测着空中，并且以它的三四条纤细灵活的卷须，以那卷须十分美丽优雅地变幻弧线，在空中游来转去，试图抓住什么。很显然，它是要向上长的，我们就给它在上方牵引了绳索。为了再助它一臂之力，我们用细线把它绑到绳索上。可是它并不买账。它的每条卷须都远远地躲着绳索，有的还变成了一圈一圈的弹簧的模样，像在搞恶作剧、扮鬼脸，完全是一副不愿受约束的做派。一天，突然起风了，满院子的玉米和菜蔬的枝叶都被刮得狂飞乱舞。其实，风撕扯疼的最是人心。我们很担心它们能否挨过这一关。但是，大风止息的时候，我看见它们竟都挨过来了！它们以叶的手指交互轻轻抚摸。让人惊诧的是，那些瓠瓜，无一例外地齐刷刷地都以它们的卷须，攀上绳索，并且打了个纽结，紧紧地抓住了这个生命得以健旺的依靠。有的还抓住了紧挨着它们的西红柿。看来，它们像孩子一样，经过这场大风的考验，都知道应该怎么做了。

许多玉米是陆陆续续补种的，所以呈现出的是一种极为有趣的景致。看见它们，真像走进一所带有附小和幼儿园的中学里。它们中的最大者，早已高高挺立，青春勃发，完全像个马上要考大学的高中毕业生了，而小的，有的个头还够不上高中毕业生的腰部；有的更小，那摇曳在微风中的稚嫩的叶片，表明它们或许还裹着尿片呢。

眼前这许许多多色调丰富的精灵，使小院到处充盈着生机，充盈着希望。小院成了最有吸引力的地方。老伴不用说了，她每天都要在小院劳作几次。别人呢，无论是谁，每天都至少要到小院走上一两次。我和老伴一同外出过一趟，其间我们心里最牵挂的，除了可爱的小外孙之外，就是这个小院、这个菜园了。

不久，南瓜花到处如金喇叭盛放吹响，瓠瓜花到处若白绫子甩动，而西红柿花盛开期也到了，到处眼睁闪动，玉米头上散花，不经意间，几株没来得及吃的小白菜也猛地蹿高了，争着抢着开花。到处是迷乱的缤纷的色彩，到处闪着钻石般的多棱的光线。紧接着出现的便是另一番美好的动人景象了：小南瓜如乒乓球，中南瓜疾速膨大，大南瓜则大得让人不能不感激大地的宏阔深厚——不然，怎么载得动它！西红柿的果实呢，它是一颗颗的绿玛瑙、红玛瑙、粉玛瑙，引来的都是喜悦的目光、开心的笑。环视这小小的可爱世界，一切都在走向成熟，好不热闹！

终有一天，桃子像新嫁娘似的满面泛起了红晕。但此时，南瓜的根部却有了枯黄的败叶。看着它，我不由得想起我当年生出的第一缕白发。那白发，曾使我骤然心惊！不过我想起我当年心头一惊之后，情绪便很快平静下来了。老有老的通达、坦然甚至快乐，因为那是你用毕生精力绘制出的灿烂夕照。接下来，我们的餐桌上有了自种的西红柿，自种的南瓜玉米。

记不得是谁说的了：历史使人贤明。于是我高兴地想到，当我们播种菜蔬的时候，其实播种的是一段又一段的历史。一年又一年能看到这许许多多的完整的历史，比享口福重要多了，它也许会使我的作品，有如那些日子刚刚浇灌过的这片菜园，满目生机，水气泱泱。

种　枣

　　那年，在北京待着的那些日子，我的心上忽然萌生出一个欲望，那欲望强烈而顽韧，最后因为困难太大，只好撒手，弄得人很有些郁闷。

　　那欲望是什么呢？栽一棵枣树。

　　世上的树那么多，为什么偏偏想栽一棵枣树呢？后来终于明白，那是深潜于心中的乡愁在翻滚回荡。

　　我是陕北人。

　　可以说，每个陕北人都与枣子结下了一世的缘。不是吗？当世界上还没有你的时候，你的父母正在举行婚礼的时候，枣儿就被吟唱着为你祝福了："对对核桃对对枣，对对儿女满炕跑。"到你懂事起，枣儿就成了光景中不可或缺的角色了：中秋节，枣儿刚成熟，有的全红了，有的还只是半个红脸蛋，都是脆甜脆甜，用它和月饼瓜果一同敬献月亮；腊八吃枣儿焖饭；一过腊月二十三，家家做糕，做油馍米馍，糕里往往有枣糕，而米馍离了枣儿就做不成。接下来，清明节做枣馍馍、枣山，端午节做枣儿粽子。过了端午说是没枣儿了，但当孩子们饿极了的时候，妈妈或奶奶往往却会出奇地从大缸里摸出几颗来的。后来你长大成人，假如长期出门在外，家里捎来新鞋时，里面总不忘填几颗枣子。

　　陕北民谚说：千年松柏万年槐，不知枣树何处来。好像枣树的与人为伴，既轻松又诡秘，一如山上的野草和河里的石头一样，完全不曾有人工的参与。此话自然有些浪漫和夸张，却真实地道出了枣树顽强的生命力，几乎遍布陕北的千山万沟。到了枣子成熟的季节，整个陕北就像把珠宝箱打开了，到处是绿的翡翠红的玛瑙，到处异彩闪闪、香气四溢，充满着欢乐的气氛。欢乐的是男人，他们上地时不忘摘吃一阵；欢乐的是婆姨女子，她们的手里打枣杆不停；欢乐的更是像我的童年似的那些大小娃娃，他们似乎竟被千年前的大诗人杜甫看见了，杜甫写道："庭前八月梨枣熟，一日上树能千回！"那画面，我记忆犹新。我上初中时迷恋上了诗歌，几乎天天都要写上几句。当然都是习作了。由于枣香对我的沁渗，那时我所发表的第一首真正可以称之为诗的诗，写的就是枣，记得其中有一句是："红袄姑娘上树了，好像一颗大红枣。"

陕北最好的枣都长在黄河畔上。有一种说法：凡是听见黄河水响的地方，枣儿就赛过灵芝。延川、延长、清涧等地的枣儿都是很有名气的，它们都靠着黄河畔。那些地方对我都是极大的诱惑，我因之在那些地方特别是在延川，曾经踏下了无数歌样的长迹。而最让我感到美好甚至是震撼的，是在佳县的一座山顶上的村子。在那儿，我看到村边的断崖上，裸露着许多鹅卵石。原来，在遥远的亿万年前，黄河真是远上白云间哪，它就在这村子的所在地流过。就是在这里的四山，密密枣林就像仙女撒下的绣花罗帐。即使在村子里边，在庄户人们的院落，挂着枣儿的枣树也无处不在迎风摇摆。最奇的是，烟囱边也生出枣树，厕所里也生出枣树，甚至整年碾米碾包谷的碾道边，牲口蹄稍稍踩不到的地方，竟也长出枣树了。有的枣树的高低粗细就像小吃摊上的一次性的筷子，上边却已经吊着两三颗红艳艳的大枣子，块头足可以和任何枣子比肩，让人惊喜让人爱怜。

细细想来，这随处可见的，奇特而香甜如仙物似的枣子，在我的潜意识里，已经成为我们陕北最可爱的文化符号了。

在北京未栽成枣树，我怎会甘心死心，所以时不时总会想起这件事情。后来到了异国他乡，由于根本没有枣树，也只得逐渐苦涩地放弃了。

　　一日逛农夫市场，忽然眼睛一亮：铁样的干，碧绿的叶，好像还挟带着陕北清晨的露水珠儿，啊！我可见到枣树苗儿了！卖主是一位华人。他卖着一盆一盆的好多种树苗，但枣苗只有这一棵了。我激动得连价钱也没有问，生怕被别人抢去，就一把揽在怀里，兴冲冲地买回家来。

　　多少日子了，我从来没有这么高兴！

　　栽枣树苗的时候，我认真极了，无异于举行一个隆重的仪式。坑子挖了又挖，只怕枣根伸不开腰腿，受了委屈；肥料称了又称，只怕多了烧坏苗儿，少了营养不良；苗栽得很端，水浇得极透。为防被风吹断，就在两旁栽两根保护杆。第一根栽起来了。栽第二根的时候，杆子戳下去，忽听噌的一声。我想坏了坏了，戳到根上了，肯定把一根侧根戳断了！我懊丧犹豫片刻。但想，还得往下戳，不然，栽不牢，不顶事。于是又用力往下一戳，啊呀！结果又噌的响了一声！哦，那杆子就像戳到我心上了，我的心都快要流出血来了！因为这个，这天中午，我连饭都不想吃。

　　整个冬天，我都忐忑不安，总是担心它能不能成活。春天了。桃树发芽了，我看看枣树，它没有动静；柿树发芽了，我又看看枣树，它依然纹丝不动。那些天，我简直是把心提到嗓子眼上了！后来，直到桃花已经开得灿灿烂烂，枣的树干上，终于露出了一星嫩黄，就像蓦然睁开了眼睛。啊，它活了！因了这，整个春天我都处于兴奋之中。它这一年尽管算不上生气勃勃，却还开了不少花，结了不少枣。遗憾的是，后来老是落果，最后留在树上的枣子，竟金贵得只有两颗。我到网上查了查，其原因可能是，在漫长的开花期，我没有给它追施肥料。

　　接受这一次教训，深秋，我对它修剪了一次。说是修剪，其实只是打了个顶，因为树几乎还没有多少旁枝。打下的顶有二尺多长，我随手就将它扔到垃圾桶里去了。睡到半夜，忽然想到，扔了的枝条能不能扦插呢？又披上衣裳，跑到空无一人的街道边，从垃圾桶里把那枝条捡回来泡在水中。第二天一早，我把那不长的枝条截为六段，全都扦插在土里了——孔老夫子是食不厌精，我是枣不厌多呀！

春天再到。我是两头跑着看，一看扦插的枝条活了没有，二看枣树发芽没有。忽然有一天，我发现扦插下的那些枝条，有一枝的枣刺边，沉寂的紫红中，居然有了一丁点儿（大概只有针尖大小）浅浅的颜色。我叫来老伴看。"神经病！"老伴眼空无物。其实我的眼神不一定比老伴好，但我对此特别敏感。我坚信我的发现。我天天挂牵着那儿。女儿嘲笑我道："爸爸拧来拧去总是不停，像跳葫芦笙舞呢。"我常俯身瞅着，专注若天文学家观察着一个刚诞生的天体运转。它确实在缓慢地变化着，渐绿渐大。我为这个令人振奋的情况而半夜常常醒来——这是只有我一人，独独发现了的。我独享着极大的喜悦和慰藉。

看那头，枣树腰间的一个短枝上也发芽了。而且，只过了短短的三四天，抬头看，树梢上也有了点点绿意；低头瞧，一条侧枝上也有一星绿意泛出。似乎只在这抬头低头之间，那枣树腰间的短枝上居然长成了碧绿的一簇，已经不再是芽子了，而是叶，甚至还迸出近 10 条嫩枝来，叶就攒集在那些嫩枝之上。而好久不曾留意的事情是，树干竟也壮了一圈！

所扦插的六小段枝条，尽管只活了一段，也教人喜不自禁。

院子已有两棵枣树了，一高一矮。高的我伸手都够不上树梢，低的呢，我只有蹲伏在地上才可与它交流。看见它们，我仿佛是听见了延河流淌，感受到了那片土地可亲的律动。扦插今年肯定还要进行，我心里充满了美好的憧憬。我想总有一天，我院中的枣树会像佳县山顶上的那个村子那样，长得到处都是。我想我的枣树中，也会有那么几棵，高低粗细就像一次性筷子，上边却吊着两三颗红艳艳的足可以和任何枣子比肩的大枣子。我想它们便是我灵魂的最幸福的依附。

白天鹅洗翅

没有三秋桂子，也没有十里荷花，这湖，既不大也说不上怎么美，但因为它离我的居所只有一箭之遥，我每天至少都要绕着它的堤岸散步一回。

我散步的时候，一路所见，尽是些俗人俗事。有各种族裔的钓鱼人，常常见他们把渔竿用力一甩，渔绳飞成一个弧，噗的一下，鱼钩和鱼饵遂入水了，他们就眼巴巴地瞅着；有长了很长胡子的年龄并不算太大的无家可归者，他有时百无聊赖地坐在睡袋边，独个儿数着一副扑克；有我们中国的三个五个的老妇人，见到她们的时候，她们总是坐在长椅上或石头上，身边都放着婴儿车，婴儿车上的花花朵朵们或睡了或睁着眼睛，她们则拉着家乡旧事或来美观感，偶尔还长长地叹息一声："唉！我实在想回国了！"

湖里也不见得有多么浪漫。水里有鸭有鸥、有龟有鱼，还有两三种叫不上名字的水禽，它们都在为寻觅一些可吃的东西，游来游去，忙忙碌碌。有时岸上的孩子们向水里撒下些面包屑或别的一些什么食物，它们就立即鸣叫着，加快了游走的速度，从四面八方蜂拥而至。它们有时游到湖的南端一个漂满了垃圾和鸦粪的浅湾里去，搞得一身肮脏。湖里还有个湖心岛，岛上虽然有树有草，但当其中一些叶子枯黄了的时候，那儿就显得乱糟糟的；这岛的主要用途看来只是供鸭子和龟们上去做窝产卵，繁衍后代。

有一天，我正散步走过，蓦地听一阵洪亮的声音削顶而下，同时眼前进射着一片白光。怎么啦？在最初的不足一秒钟的时间里吧，我的脑子咋能反应过来？反正疑似片片白云歌唱着落在水面，那些天上来客，那些云，一片比一片歌声美丽，一片比一片白得耀眼；或疑似是哪里的雪莲飘来了吧，一朵朵硕大的雪莲，一朵朵欢笑着欢舞着的雪莲，迅忽降落，边落边叫！当我明白之后环视四方，只见所有的人便惊异地把目光聚焦于那儿了，包括钓者，包括长胡子，包括我们中国的老妇们，甚至包括婴儿车上的黄皮肤黑眼睛的小家伙们。

"啊，天鹅！"人们惊叫。

"啊，好白的天鹅！"人们欢呼。

那真是一些从蓝天飞来的绝美使者，它们周身雪白得没有一丝杂色的羽毛，它们宽阔的携着天风的双翼，它们修长的曲线楚楚的颈项，它们黑的又在上方镶着橘黄的喙，立即和湖光水色交融在一起，透出了无限的高雅和华贵。它们使我想起了大海上的风帆，想起了月宫里的嫦娥，想起了雪后的茫茫大野。它们的身躯差不多有一米高，看来体重也足可以等同于一只小肥羊吧，但是它们每游动一步，都尽显着轻灵和柔曼。它们美得就像一首歌曲，一个梦。

我看到鸭子和鱼的时候，常常会立即把它们与餐桌联系起来，但是看到白天鹅这仙子般的禽类，心中只是一片纯净。

天鹅们从此落脚不走了。一个昔日平淡俗气的湖，从此平添了无限的诱人气韵。不断有人跑来观看。我当然高兴异常。我增加了来湖边散步的次数。我的来湖边散步，实质成了每天几次的对白天鹅做贪婪地欣赏。我的心和眼睛，因而得到了如醉如痴的甜美滋养。

我发现白天鹅非常珍惜自己的洁白羽毛。它们总是高扬着头颅在水中游弋歌唱，从不到污浊的湖的南端的浅湾去。有一次我看见它们中的两只竟然上了岸，静静地卧在绿草地上，把头插进翅膀里边，睡着了。它们白得如同一团温热的雪。那当儿我多么想伸出手去，轻轻地抚摸它们一把。但我后来压抑了自己的那种欲望。我怕我的凡人之手，会弄脏了它的羽毛，引它伤心。

有一天地上下霜了，湖里冒着袅袅热气。整个湖水波光粼粼。当阳光射来的时候，金光万道中，热气蒸腾为雾，雾的透明白纱帐撑起，撑起，而鸭黯然失色了，鸥黯然失色了，鱼和龟也黯然失色了，只有白天鹅在透明的白纱帐中大放异彩。人们看见的是，白天鹅，白天鹅们在洗翅！它们快捷地侧身半仰——先是向左半仰，继之向右半仰——洗涮翅翼，又快捷地恢复本来的静凫姿态。这样反复多次之后，它们居然一只只以脚蹼站在水上，展开了宽阔高洁的双翼。啊，看那双翼！那是白菊花的花瓣，一瓣瓣排列有序，搧着拍着水花四溅，阳光中，漫天的率真在飞，在跳，在闪闪烁烁。刹那间我想起了一首古诗——《春江花月夜》。此刻，再没有比这首诗更能反映出我心上的美的感受了。海上明月共潮生。美丽精灵共潮生。轻歌曼舞共潮生。我看见白天鹅们一只只尽情尽兴之后，飞到湖心岛上了；我的目光也跟着移至岛上。我忽然发现，不知从哪天开始，湖心岛也变得美丽起来，上面有一种灌木的浆果结满枝头，如画家蘸了浓艳的红色，在枝叶间挥笔无数，而那画笔仿佛刚刚离开，耀眼的艳红滴滴答答往下流着。岛的边沿有开蓝花的长藤垂吊下来，浸入水中。再看上了岛的白天鹅们，只见它们大都缩起一只腿，只见它们灵活自如的美颈卷曲游动，它们开始用自己的喙梳理双翼的羽毛了，里里外外地梳理。

无比惬意的小南风在吹。

蓝天映在水里。白天鹅的倩影重叠在蓝天上。

小南风属于白天鹅。碧蓝的天属于白天鹅。清湛湛的水属于白天鹅。白天鹅是一种不凡的带着仙气的鸟儿。它们的翅翼尽管洁白得一尘不染，但是它还是要洗一洗的。它们实际洗的是自己的精神和灵魂。那是来自生命的高贵和优雅。

　　滚滚红尘，雅和俗互为依存，相辅相成，各有各的生存空间，各有各的存在价值。但雅，优雅，高雅，毕竟是这世界的魅力所在。

　　曲高和寡吗？非也。白天鹅并不孤独。深谷幽兰，无瑕白玉，五彩云霞，它们都是白天鹅的知音。它们有白天鹅的华彩，它们有白天鹅的气质，它们有白天鹅的心灵密码。应该说，它们都是白天鹅。

　　人里头也有白天鹅。他们生活在世俗世界又超凡脱俗。他们坚守一方净土，在时代的长河里永远不忘洗翅。

鸟　　趣

在千阳县生活了半年多时间，我有一种感慨：人们为什么老爱往大城市里跑，挤在大城市里呢？看这儿，多好！

千阳县偏僻些、穷些，但她有山、有水，空气清新，风光秀丽。特别使人爱恋的，是这儿有数不尽的鸟儿。

冬天鸟儿就不少，一进入春季，简直成了鸟儿的世界了。

千阳的鸟儿，多得就像都市里的自行车。

天空，自然是鸟儿翱翔的自由世界；林中，也回荡着追逐戏闹的音符；就是水库的清湛湛的水面，也时不时听到扑哧一声，不是鱼儿，而是一种长喙无尾的小鸟，从水中蹿出……

这是野外的情景。县城里呢，在街道上，在百货商店的门口，在饮食摊点的周围，也常见鸟儿欢叫着飞来飞去。

而且，绝少见到不讨人喜欢的麻雀，几乎都是些有美丽羽毛的、有着不同飞翔动作的、有着动人歌喉的各色各样的鸟儿。我想，随便捉一只去，都会使都市里的孩子们惊羡不已。

我住的屋子，是被鸟儿的鸣声浸泡透了的。每天我都枕着鸟声，踩着鸟声，呼吸着鸟声。住在这间屋子，即使读世界上最枯燥的文字，也不会昏昏欲睡的。因为鸟声的浸润，每个字，每句话，都变得如花似草，充满生机。要是想看鸟，几乎随便什么时候抬抬头，隔着纱窗就能看见。鸟儿总爱落在对面的房脊上。有的小步跳着，不住地变换着站立的方向；有的抖抖翅膀，又把长长的尾巴翘一翘；还有的，则把它的喙时而扭转到背上，时而勾到胸前，一啄、一啄，于是，背上和胸前的羽毛便耸起蓬蓬的一撮，接着又平复了——它在梳理羽毛。而且不论哪种鸟儿，都是一边动作，一边叫着的。鸟儿恐怕都不知"沉默"为何物，它们成天鸣叫着，欣赏着自己的音乐。鸟儿们是最快乐的，最无忧无虑的。

有时半夜醒来，往往能听到栖在树上的鸟儿，叫那么一声半声。那叫声是不成腔不成调的，是含混不清的。显然，熟睡的鸟儿也像人一样，在说梦话呢。我曾经多次梦到过鸟儿。我想，在鸟儿令人神往的梦中，也应该有我的一席之地吧。

一天从食堂端饭回来，我看见一只老鸟儿在教它的雏儿学飞。老鸟儿长着五彩的羽毛，雏儿灰灰的，五彩隐约露出，嘴角是黄的。老鸟儿在前，雏鸟儿在后，飞一会儿，停一停。老鸟儿刚落到自来水池子上，看见我来了，立即飞上房檐；但雏儿却稚嫩得很，明明看见我到了水池边，却还要落下，而落下又感到十分危险，于是小爪爪还未立稳，又慌忙朝老鸟儿飞去。看来，它的心灵还是囫囵一块，还没有裂开灵活性的缝缝儿。这傻得可爱的雏儿！

小　洋　槐

　　仿佛过春节的时候，看见叔叔伯伯们都在燃放爆竹，爆竹声噼里啪啦，传遍东南西北。看着看着，它眼热了，心动了，忍不住了，多么急切地希望这世界上也能够有自己的声音，于是，歪歪趔趔地跑上前去，伸出它的白胖胖的小手，也点响了一串鞭炮。

　　我说的是一株小洋槐。小洋槐，开了一串鞭炮声似的花儿。

　　展眼望去，别的洋槐都很高大。它们的树干都有一搂粗，斜枝横杈互相交织着，纠挂着，上面是层层密密的绿叶和重重叠叠的花串。有的树根裸露在顽石间，更显示了它们的有力和强悍。风吹来，它们的枝叶就像大海的波涛翻滚；如果走进林子里去，就像遮天夜幕降临，到处黑黝黝的。而这株小洋槐，实在是够小的了，够纤弱的了：树干不足一米高，筷子般粗细，赤条条的，上面还没生出一条枝杈，只挑着稀稀落落的几片叶子。可是，它却是十分好强的，当别的洋槐开花的时候，它居然也开了花儿！

　　显然，小洋槐是使尽了全身的力气，才开出这花儿的。

　　别的洋槐都有悲壮的经历，不屈的性格。雷电，轰击过它们；狂风，撕扯过它们；暴雨，抽打过它们。至今还可以看见，它们的身上伤痕累累，疤迹斑斑。有的粗壮的枝条不知在什么年月已被折断，枯死了，却依然悬在树上。但是，它们却不曾倒下，反而以虽然衰老却越发顽强的精神，挺立在山河之上，蓝天之下。而这株小洋槐，压根儿不知世间还有什么磨难。它的心灵明净得就像一颗露珠。但是，它们都开了花儿，尽管那花儿的数量悬殊是那么巨大。

要说少，小洋槐的花儿真够少了，只有可怜兮兮的一串。不过，这一串花儿硬抵得上一个神奇的砝码，使天平的那边立时失去了分量——人们纷纷把目光调离别的洋槐树，而一律投向这里，议论说："花串上有花儿，还有待放的苞儿。"说："花儿通体雪白，苞儿是些小角角，底部淡绿，上端才泛了白色。"说："这花儿多可爱，啧啧！"

游人走远之后，其中一人忍不住回过头来，只见一只小鸟落在小洋槐上，小洋槐被压弯了腰，抖动着，抖动着，像是要折了的模样，但是，最终还是挺住了。

它站得笔直。

小鸟在唱歌。

湖 畔 风 景

上善若水。我意：水即上善。自古以来，人类都是逐水而居，对水有着一种天然的喜爱之情。而我住的小区里，就有一汪碧湛湛的湖水。

这是首都北京的湖和水。

这片湖水满足了人们对它的期待：春有春的明媚，夏有夏的清凉，秋有秋的旖旎，即使到了冬天，也会给我们捧来一湖冰的晶莹。

由于工人师傅的辛劳付出，湖里有了荷花的清幽，水草的蓊郁，金鱼摆尾巴和吐泡泡的灵动。过了一段时间，不知从哪里来了些青蛙，又是打鼓，又是唱着"呱呱呱"的歌谣，这使我激动不已。听见它们的声响，我的童年便重现于眼前，只有几步之遥。我每天都要去童年里走上一遭。后来，又飞来了两只野鸭子，使湖面多了些浪漫的气息。野鸭子和家鸭子很不一样。家鸭子无论雌雄，都长得痴肥臃肿，走起路来摇摇摆摆，早已丧失了飞行的能力；而野鸭子苗条秀气，它们想飞就飞，轻捷自如，让人发自内心地喜欢。据说，那两只野鸭子是一对恩爱夫妻，是从朝阳公园飞来的。朝阳公园里有一片 60 多万平方米的水域。或许是某一天，它们在四周飞翔闲逛时，经过我们小区上空，低头一看，这里竟然也有一个湖呀，真是一个躲开喧嚣的好地方，就决定落下来游玩。此后，便隔三岔五地总要来。

今年初春冰雪消融之后，物业抽干了湖水，彻底清理湖底，并且进行了改建。原先的单头小喷泉，现在变为环形立体大喷泉，枝枝丫丫都喷射出冲天的灿烂水柱，当好风吹来时，细雨到处飘洒，让人好不舒心。原先湖里的荷花，都是栽在小花盆里的，现在把小花盆都撤了下来，代之以水泥砌的大池子，土壤肥厚，天地广阔。每个池子都像一座偌大的花圃，好像能装得下十来个月亮。原先的荷叶最大不过两个巴掌，现在则硕大舒展，挤挤挨挨，竟可以和黄永玉的万荷堂比美。一朵朵大荷花，花香四溢，吸引来了好多蝴蝶。整个大湖，面目一新，似乎是要招待远方来的贵客高朋。

一个清晨，正当旭日照着蓝玻璃似的湖面，忽然，九只小精灵，出现在人们的视野里——那是九只小野鸭！一只只毛茸茸的，羽毛黑黄相间，宛若举办童装秀。这一窝小精灵！

九只小野鸭呀，一窝会游泳的花骨朵！

这些花骨朵，是大野鸭从空中背过来的吗？显然不可能。我又想，这些花骨朵，应该是在湖畔孵出来的。那么，是在湖畔的哪个位置？有人说，是在草丛里；有人说，是在石头缝里。但是，谁也没真的看见过。

后来经过多方打听才知道，它们的孵化之地是在小区的7号楼后面。出世后，它们极小极弱，但它们也有自己梦想中的天地，于是鸭妈妈领着它们去作寻水之旅。它们走到小区大门口时，保安惊喜地发现了它们，便把它们吆到了湖水中。这下，它们有了固定的家园。假如给它们建立一个档案，可以这样写上："祖籍：朝阳公园；出生地：7号楼后；目前固定住址：潋滟湖里；健康状况：优；性格状况：开朗活泼；理想：自由飞翔。"

这些小野鸭，这些难逢的小贵客，它们的降临，给我们这个小区平添了无限的生机、情致、喜气、趣味和诗意。这些花骨朵，给小区里的人们，特别是孩子们，带来了无尽的愉悦和欣喜。

湖畔的所有目光，都被小野鸭所吸引；湖畔的所有脚步，都因小野鸭而慢了下来；湖畔的所有议题，都和小野鸭有关。小野鸭是开心果，人们为它们而喜笑颜开；小野鸭是调音器，人们心上的管弦也因它们而愈加和谐动听。我今年已经86岁了，因为这小精灵的到来，我年轻了10岁。我愿和这些小精灵做个忘年交，每天都想亲近它们几次。

虽然鸭妈妈整天领着它们游弋、觅食，保护着它们，但是它们毕竟还稚嫩。为了让小野鸭生活得更加安全、舒适，物业在湖面的一丛荷花旁，给它们盖了一座瓦房似的绿顶小屋。这小屋像模像样，恰似童话里美丽的小建筑，很耐看，并且每天都有专人送去科学搭配的食物。如果把这座小屋称作野鸭的豪华别墅，也不为过呢。

小屋的出现让孩子们欢呼，这活脱脱是一个童话的世界！孩子们都说："我们的小野鸭是最可爱的，白天鹅也比不上呢！"

望着小野鸭，我在心里默默地说："这小屋，这湖里的一切，包括喷泉、荷花、水草、涟漪、阳光和岸边的高大树木，甚至是落在湖里的蓝天、白云、明月、星辰，都归你们了。湖里有数不清的小鱼、小虾、小虫，你们尽情享用吧。"

孩子们表达对小野鸭的喜爱和羡慕，有他们独特的方式。他们凑近小野鸭，谈论它们，问候它们，也有淘气的孩子，随手捡一些树枝，向它们轻轻掷去，逗它们玩。小野鸭虽然年幼稚嫩，却似乎也有孩子的智商，一点儿也不害怕，依然在孩子们面前自在地游来晃去，还要唱上几声。

就这样，我们小区的这片湖水，以那些小野鸭为焦点，每天都好戏连台。人们路过湖畔时，再也不埋头看手机，而是将目光投向湖面，寻找小野鸭的身影。要是寻找不到，总是十分失落；要是看见了，总要拍张照片，尽管已拍过好多次。倘若几个人遇到一起，便是谈论小野鸭："你看见小野鸭了吗？""快看，人家一家子都出来了！""太可爱了！"

"真是些花骨朵!"……

是的,它们长得真快,不到二十天,已经长成大孩子了,好像已经到了可以上学的年龄。它们在人们的欣赏、疼爱中,在人们的赞美声中,幸福地成长着。

湖水是分了三个台级的,相邻的两个台级之间相差了一米。令人惊奇的是,大鸭领着小鸭,居然可以上到更高的那片湖面。它们一会儿在水面上嬉戏,一会儿在石坝上休憩。它们是怎么上去的呢?后来,有人揭开了谜底:大鸭领着小鸭子从岸边走上去的!

大家心里都明白,总有一天,这一窝花骨朵,会扑噜噜地展翅高飞。人们在心里默默叮嘱:"小野鸭呀,小可爱呀,你们将来不管飞到哪里去,都别忘了这里。要是累了倦了,就毫不犹疑地飞回来,回到这一汪蓝莹莹的湖水中,这里永远是你们的故乡。"

春到山水间

小时候常听人说："二月二，龙抬头。"抬头做甚？不得而知。今天的孩子们，恐怕更是难以明白。那么，我打个比方吧。飞机一旦抬头，就是要起飞了。龙也是这样，抬起头就要一冲上天。

龙行天上，大地回春。雨润江南树，那是烟雨；风吹塞北河，那是熏风。布谷鸟一声一声地叫个不停，昆虫都从土里钻出来，互相点点头，打打招呼，然后叙说着春天的故事。

烟雨熏风春来了。春是被万物呼唤来的，一来就是朝霞灿烂。

大黄牛只顾欣赏自己踩下的阔大的脚窝。柳树梢头的喜鹊问柳树，是不是该泛绿了？蒲公英不急不躁，不温不火，却抢了春的先机，它放松地绽开大方而又谦虚的花，像暗夜忽然点亮的灯，而且这灯很多，很亮，一盏一盏地闪耀，好不炫目。

春来了，所有热爱春的人，都心旌摇曳，想去踏春。

我拄着拐杖，也和年轻人一起去郊外。一畦春水浇着春韭，就像浇着杜甫笔下的唐诗。而那些麦苗，已经在不失时机地返青。麦田旁，酥软的泥土享受着阳光的爱抚，冒着丝丝缕缕上升的阳气，人们正在清理去年残剩的庄稼根茬。这儿那儿的荠菜，散发着亘古就有的清香，使我不得不停下脚步挖上一些，以吸纳大地赐予人的丰沛元气。附近一棵棵树木的梢头，早来的春风正在那儿戏闹，它们摇动着，抖落了厚厚的尘埃。我知道，每棵树木的枝干里，都有一条消了冰的河，它们在奔流，在喧响，在演奏充满活力的春的乐曲，从而向着繁盛的夏季勃发。

春来了，我们举手向她致意，和她紧紧拥抱，在烟雨熏风之中。

我居住在京城的一个大院里，院中湖上的薄冰早已融化，人们也脱去了臃肿的羽绒服。许多童车重新聚集在湖边，童车上是牙牙学语的孩子们，阳光打在他们的眸子上，眸子里尽是滟滟天真。院门外又支起了理发摊，我坐下请师傅给我剃头。春阳、春风，无阻无隔地照射我、轻拂我。一只乳燕从空中款款飞来，环绕在我头顶，让人满心欢喜。

"绿杨烟外晓寒轻，红杏枝头春意闹。"这个"闹"字多么传神！现在，红杏还未开满枝头呢，但许多地方早已热闹起来。

最热闹的要数微信朋友圈。朋友圈就像一个成百人、上千人居住的山坳，走进这山坳，有平房，有竹楼，有窑洞，还有四合院。举目望去，家家门上还闪耀着过春节时贴上的红彤彤的对联。古时候，二月二也叫做开笔节。在朋友圈里，人们早已开了笔，争着展示春光，笔下带着春风。

我看见了云南楚雄的赛装节，那是世界上最古老的乡村 T 台秀，男女老幼都穿着艳丽的彝族服装，赛装赛美。仅是姑娘头上戴的鸡冠帽，就让人看得心醉神迷——在奇美的"鸡冠"上，用细毛线绣出了朵朵牡丹花、山茶花、蝴蝶花。人们载歌载舞，"赛装赛到日头落，跳脚跳到月当空"。

我看见了陕北的许多地方都在闹秧歌——这个"闹"字，与"红杏枝头春意闹"中的"闹"一脉相承——打腰鼓，跑旱船，踢场子。人们都说，那是多年不见的景象了。曾经穷得叮当响的塞外小城榆林，这些年 GDP 持续高增长。小城刚举办了首届中国非物质文化遗产保护年会，运用匠心巧思，歌赞着非遗文化的时代价值。

在这些红火热闹中，让我印象最深刻的是那些腮帮子一鼓一陷的唢呐手，他们真情投入，尽情地演奏，向着蓝天，向着春光。

殷 殷 插 柳

有一句过目难忘的诗，是24k的金子，光芒四射，你一搭眼，它就会钻到你的心里。

它是一朵销魂的花，却不知出自哪一页历史哪一枝头。回眸春天的枝头，有的挑着"闹"字，有的探头墙外，有的东君著意，有的晴风吹暖，而有的下面，"文字红裙相间出"，"春事已平分"。一朵朵，都会引来蜂飞蝶舞。它，在哪一朝代的哪一棵树上？

它是一滴有灵性的雨，却不知来自哪一朵思绪充盈的生雨之云。是杜甫、李白？还是王维、杜牧？抑或，往下数，宋朝的苏轼、元代的白朴？明清的于谦、郑板桥？

滚滚流水，逝者如斯。这诗句闪耀在岁月的波涛中，历久弥新——

"插柳不叫春知道！"

看看，是何等的风姿绰约，何等的仪态万种！

然而，只此一句，既无上句，也无下句；既是题目，也是全诗。它是一种意象：旭日喷薄，英姿奋扬；处处生机，遍地希望；殷殷插柳，别无所求。

别看这短短的一句，却抑扬顿挫，平仄起伏，极尽美感。俗话云"孤掌难鸣"，它就是孤掌，是一只手，却鸣出了天籁一样的韵脚——ao，押的是句内之韵。

在古中国浩瀚无边的诗文里，它是一道绚烂的风景。

在我看来，它可以抵得上一件青铜器，抵得上一件金缕玉衣。但它与它们不同。它们缺少些脉动和呼吸，而它，七个字里有魂，有灵，有丰沛的生命气息，有文学的生命力。

它一直陪伴着春。

春是拱开地皮蠕蠕而动的蚯蚓，春是燕子掠过的河水，春是刚刚钻出泥土的草的嫩芽，春是带着露珠儿的荠菜、苦菜、蒲公英、白蒿芽、灰条菜、马苋菜。春是莺啼恰恰，蝶舞时时，乱花浅草，烟雨酥泥。

春是发生，是原点，是根源，一切从春开始。古话说："一元复始，万象更新。"

春是希望。有了春，才有绿草铺到山野，才有花骨朵缀上树枝，才有羊羔落地，才有百鸟孵卵；才有夏的热烈华美，才有秋的丰谷硕果，才有冬的温暖和酒香。

春是新生的力量。"春在前村梅雪里，一夜到千门。"春草是孙悟空的毫毛，拔一根下来吹一口，漫天飞扬，一落下来，遍地都是春草，遍地都是绿色。春花是娘子军不让须眉，看那花团锦营，雷声隆隆壮威，河沟里钻，岩石上爬，攻占一山又一山，姹紫嫣红，汹涌奔突。

春意不可违。人误春一季，春罚人一年。

世间最美者，春也；世间最新者，春也；世间最动人者，春也。春是神，关爱着一切生命；春又是客观世界和客观规律。

然而，这句诗的焦点却在春之外，是勤奋的插柳者。插柳者是审美的中心，它诠释着天地精神。

插柳不叫春知道。

这是一种襟怀境界，一种人格高度。在我们中国古代、现当代的浩瀚史书上，每一册都有这样的人物、这样的插柳者。他们或者以满腔春水，浇灌四方；或者沉潜砥砺，开辟新境；或者挥舞阳光，一脸欢欣。

插柳不叫春知道。

春是春草一样的老百姓，是大树一样的老百姓，是人民。民为重，人民最大。

殷殷于春，殷殷插柳，殷殷切切、孜孜矻矻。插柳者倾情耕耘，全力奉献，施恩不图报。多少春风，挟带着插柳者的喘息之声；多少春雨，掺和着插柳者的汗滴。插柳者不图什么，只是为了给春添一分烂漫。

插柳者爱春护春，是一种骨肉情感，有如母爱。有如灾荒年里，母亲把自己不多的饭食，偷偷地拨进儿子的碗里；有如儿子远行，母亲日夜担心，悄悄地为儿子许愿祈祷；有如儿子发现这些之后，母亲总是会闪烁其词，竭力掩饰否认。插柳者的这种情，洁净、深沉，是一种大爱。

插柳不叫春知道。

春，也是学界文坛。插柳者甘于寂寞，甘于淡出公众的视线，甘于终年置身斗室，目不旁骛，埋头著述。他们以赤子情怀，书写云霞之章。他们是奉献自己、将火种带到人间的盗火者。

插柳不叫春知道。

春是他人，是与插柳者自己没有多少关联的人。而插柳者，也是平凡的人。在人群里，他们往往貌不惊人，甚至连说话都有些木讷；他们善良、实诚、积极向上，只是悄悄地做着好事，帮助他人，只有这样，他们心里才快乐。

插柳不叫春知道。

他们不需要被知道，不想被知道，他们不喜欢张扬。他们的行为不是展示给世界看的——就像高山流水，就像稻田蛙声，就像春花秋雨。他们自己就是世界的一员。

天底下的鸟儿天天歌唱，哪一只鸟儿是在歌唱自己？

　　插柳者是有血有肉的生命个体，他们有七情六欲，他们又是历史长河里伟岸的人。他们以自己的行动，表达出对春的敬畏，对世界的敬畏，对众生的敬畏和挚爱。

　　插柳不叫春知道。

　　殷殷插柳，插柳者融身于柳。

　　殷殷插柳，插柳者融身于春。

　　不叫春知道的插柳，只是心灵的需要、情感的需要、天职的需要。插柳者的一俯一仰，一颦一笑，一生一世，都是诗，都是诗里的内容和韵律。